UNE VIE EN HÉRITAGE

ALISON LAWSON

UNE VIE EN HÉRITAGE

Roman

ISBN-978-1-78972-899-6
Éditeur : Independent Publishing Network

À mon père
Pour Damien, Noah, Nils et Naël,
les hommes de ma vie.

1

Johanna descendit de la balance en jetant un regard désabusé au reflet que lui renvoyait le miroir en pied fixé sur la porte de sa salle de bain. Encore deux kilos perdus depuis la semaine dernière, soit presque huit envolés en un mois.

Un léger sourire sarcastique se forma sur son visage ravagé. Dire que toute sa vie, elle avait rêvé de découvrir la méthode miracle qui lui permettrait de se débarrasser de ses bourrelets sans se priver. Elle avait désormais l'impression d'avoir pactisé avec le diable : les kilos superflus effacés en échange d'un vieillissement de dix ans.

Elle approcha son visage du miroir et caressa du bout des doigts les cernes qui se creusaient chaque jour un peu plus sous ses yeux fatigués. *Plus jamais, il ne me caressera.* Cette pensée fit immédiatement jaillir ses larmes.

Trente-deux jours… trente-deux jours que son univers avait basculé… trente-deux jours et trente-deux nuits remplis de larmes, à croire que la graisse qui s'était accumulée dans son corps au fil des années s'évacuait dans ses sanglots.

Elle ouvrit lentement le placard sous le lavabo pour attraper un mouchoir. Tout en se mouchant sans discrétion, elle ne put détacher son regard des affaires d'Augustin encore bien alignées sur son étagère : sa mousse à raser, son après-rasage, son déodorant et la nouvelle eau de toilette qu'elle venait de lui offrir pour son anniversaire.

Elle attrapa le flacon et vaporisa un peu de parfum au creux de son coude.

Johanna retourna dans sa chambre et s'enroula dans sa couette, le nez enfoui dans son bras replié. Elle ferma les yeux et s'imagina qu'elle était, comme avant, blottie contre le torse chaud et rassurant d'Augustin. La tension dans son corps se relâcha doucement, pendant qu'elle invoquait le souvenir de leur première rencontre, seize ans auparavant, un samedi d'avril 1998. La soirée avait pourtant mal commencé. Elle avait fait un baby-sitting la veille et la mère, une célibataire un peu paumée, était rentrée complètement ivre au petit matin. Johanna avait dû l'aider à se mettre au lit et s'était jurée de ne plus jamais accepter de s'occuper de ses deux enfants, mal-élevés et intenables.

Elle avait flemmardé toute la journée en essayant de se concentrer sur son cours de littérature anglaise et n'avait qu'une envie, se coucher et s'endormir sur son livre du moment, un John Irving dont elle avait oublié le titre. Mais elle avait promis à sa colocataire Caroline de l'accompagner, pour une fois, à l'une des nombreuses soirées organisées par l'école d'architecture située à deux pâtés de maison de leur résidence étudiante. Caroline, une fille sympathique ayant rejeté ses origines bourgeoises pour adopter un style de vie hippie, était généralement plus intéressée par les garçons que par ses études et ne cachait pas qu'elle trouvait Johanna plutôt ennuyeuse. Sachant qu'une annulation de dernière minute ne ferait que renforcer l'image peu favorable que sa colocataire avait d'elle, Johanna avait renoncé à trouver une excuse pour échapper à son engagement et l'avait accompagnée sans enthousiasme.

En arrivant à la soirée, Johanna s'était immédiatement sentie comme Bridget Jones débarquant dans un défilé de haute couture. Avec sa teinture au henné ratée qui avait tourné au rouge vif et sa robe en dentelles, qu'elle avait été ravie de dénicher quelques jours plus tôt dans une friperie, mais qui, tout bien considéré, était peut-être une nuisette, elle s'était attirée des regards lourds de mépris et de moquerie. Elle s'était réfugiée dans les toilettes et n'avait osé en sortir qu'une bonne heure plus tard, lorsqu'elle avait entendu la musique et le bruit des conversations monter de volume, ce qui signifiait a priori que plus personne ne serait en état de la remarquer.

Elle s'était installée dans un coin de la pièce et observait les danseurs se déchaîner sur la piste, lorsqu'une tête dépassant d'un cercle d'une dizaine de jeunes avait retenu son attention. L'étudiant auquel elle appartenait semblait avoir oublié le monde qui l'entourait. Les yeux mi-clos, un léger sourire aux lèvres, il se mouvait avec une fluidité étonnante pour un garçon au grand corps dégingandé. Il avait enchaîné les danses pendant que Johanna, immobile, troublée par l'émotion qu'elle sentait grandir en elle, l'épiait le souffle court. Quand elle repenserait ensuite à ce moment et aux instants qui avaient suivi, elle aurait tendance à se les jouer en mode « scène de film hollywoodien », où le héros remarque soudain la femme de sa vie et s'approche d'elle au ralenti sur une mélodie romantique. Dans la réalité, l'inconnu avait marché jusqu'à elle d'un pas un peu incertain, alors que les enceintes crachaient une musique électro aux basses saturées. Johanna avait eu la sensation d'être pétrifiée sur place lorsqu'il lui avait adressé la parole.

— J'ai quelque chose sur la figure qui te gêne ? lui avait-il crié dans l'oreille pour se faire entendre.

— Euh… non, avait-elle répondu, se sentant rougir jusqu'à la racine des cheveux. Pourquoi ?

— Eh bien, cela fait au moins trente minutes que tu m'observes, avait-il dit d'un ton moqueur. Je me disais donc que je devais avoir un énorme bouton sur le nez !

— Oh… je suis désolée… je ne voulais pas…

Johanna, incapable d'aligner deux mots, aurait voulu disparaître sous terre. Le garçon en revanche, semblait beaucoup s'amuser.

— Ne sois pas désolée ! Je suis ravi d'avoir attiré le regard d'une aussi jolie fille que toi !

Indifférent au mutisme de Johanna, il avait continué à bavarder jusqu'à ce qu'elle se détende et commence à participer à la conversation. Lorsqu'ils s'étaient quittés à une heure avancée de la nuit, Johanna était persuadée qu'elle n'aurait pas de nouvelles de ce beau parleur, malgré le fait qu'il lui ait demandé son numéro de téléphone. Elle avait donc été très étonnée, et ravie, quand Augustin l'avait contactée pour lui proposer une sortie au cinéma moins d'une semaine plus tard…

Un coup de sonnette l'arracha brutalement à sa rêverie. Le radio réveil affichait neuf heures.

— Purée, elle est tombée de son lit ce matin ou quoi ! rouspéta Johanna en enfilant à la hâte son peignoir.

Elle descendit quatre à quatre l'escalier qui menait directement dans le hall d'entrée.

— Lisa, t'abuses !

Elle s'interrompit net en découvrant sur le seuil de sa maison un jeune homme, qui semblait à peine réveillé et qui n'était certainement pas la personne à laquelle elle s'attendait en ce samedi matin.

— Bonjour, vous êtes bien Madame La… Lawoche ?

— Madame Laroche, le corrigea Johanna, habituée à ce que la plupart des Britanniques butent sur la prononciation de son patronyme. Oui c'est moi, c'est pourquoi ?

— J'ai un colis pour vous, enfin plutôt une valise, ainsi qu'une lettre. Vous pouvez signer là s'il vous plaît, lui demanda-t-il en lui tendant un boîtier et un stylet.

Johanna s'exécuta machinalement, les yeux rivés sur le bagage posé aux pieds du livreur. Il lui tendit le courrier.

— Tenez. Vous voulez que je rentre la valise à l'intérieur ? Elle est plutôt lourde, ajouta-t-il devant le silence de son interlocutrice.

Johanna n'entendait plus ce qu'il lui disait. Son regard ne pouvait se détacher de la valise. La valise d'Augustin. La valise qu'il avait prise pour partir en Chine lors de son dernier voyage. La valise qui aurait dû se trouver dans la soute de l'avion lorsqu'il s'était écrasé, trente-deux jours plus tôt, et non pas devant sa porte aujourd'hui.

— Ce n'est pas possible, je dois être en train de rêver, murmura-t-elle.

Elle fut ramenée à la réalité par une voix masculine.

— Bon Madame, j'ai d'autres livraisons à faire. J'en fais quoi de votre valise ?

— Euh…, oui pardon, mettez-la là, s'il vous plaît, souffla Johanna en désignant d'un geste vague un coin de son hall.

2

Une heure plus tard, c'est prostrée dans son entrée qu'elle fut trouvée par Lisa.

— Jo, mais qu'est-ce qu'il t'arrive ma belle ? Pourquoi tu n'as pas répondu lorsque j'ai toqué ? Oh eh, Jo, tu m'entends ?

— Je ne pouvais pas, répondit doucement Johanna au bout de quelques minutes.

— Tu ne pouvais pas quoi ?

— Je…, je ne pouvais pas me lever.

— Ben oui, je vois ça ! T'es déjà bourrée à dix heures du mat' ? Franchement, Jo, t'es pas sympa ! Combien de fois faudra-t-il que je te dise que tu n'as pas le droit d'ouvrir une de tes bonnes bouteilles de vin sans moi ! Ça sert à quoi que je sois copine avec la seule Française du quartier, si c'est pour n'avoir aucun avantage !

Lisa faisait son numéro, et même si elle avait l'impression d'être au fond du gouffre, Johanna pensa une fois encore que c'était pour cela qu'elle l'aimait tant. Sa voisine, qui en quelques années était devenue sa meilleure amie, était décidément la seule à ne pas avoir changé d'attitude vis à vis d'elle depuis l'accident. Elle restait la boute-en-train toujours prête à faire la fête en entraînant sa copine dans son sillage.

Johanna avait rencontré Lisa peu de temps après son arrivée en Angleterre, onze ans plus tôt. Les déménageurs, conformes aux clichés qui circulaient en France concernant les Anglais, avaient réclamé du thé dix minutes à peine après avoir commencé le déchargement du camion transportant toutes les affaires qu'Augustin et Johanna avaient décidé d'emporter avec eux pour démarrer leur nouvelle vie outre-Manche. Lorsque Johanna leur avait répliqué que la bouilloire, tout comme les sachets de thé, se trouvaient encore dans un carton au fond de leur remorque, mais que s'ils le désiraient, elle avait prévu de la bière et des sodas, les trois hommes avaient rigolé en lui disant que c'était bien la preuve qu'elle n'était pas Anglaise. En effet, selon eux, un Britannique aurait forcément gardé avec lui ces équipements indispensables à la fabrication de la boisson nationale. Puis, sans hésiter, le plus âgé d'entre eux était allé sonner à la porte de la maison mitoyenne pour obtenir ce que la Française n'avait pas pu leur fournir.

La première impression de Johanna sur sa nouvelle voisine avait été plutôt négative. Une grande rousse, un peu vulgaire avec sa mini-jupe en jean et son petit débardeur rose couvrant à peine son énorme ventre de femme enceinte, qui riait fort et draguait les déménageurs, voilà la description qu'elle en avait faite à Augustin le soir même. Elles avaient échangé quelques mots au cours de la journée, et Johanna avait l'impression de connaître déjà toute la vie de l'exubérante Lisa.

— Pour résumer, chéri, elle a le chic pour se mettre dans des situations pas possibles cette nana.

Je sens qu'on ne va pas s'ennuyer avec une voisine pareille. Tu imagines, elle n'a que vingt-six ans et elle attend son troisième enfant ! Si j'ai bien compris, elle a viré le père du futur bébé parce qu'il buvait trop et ses deux premiers enfants n'ont pas vu leur géniteur depuis deux ans.

— Et bien, moi qui pensais qu'on avait choisi une petite ville tranquille de la campagne anglaise, on est plutôt en pleine sitcom américaine, avait plaisanté Augustin.

Johanna n'aurait pas parié un centime sur une amitié possible avec une femme tellement différente d'elle, qui était d'un naturel plutôt timide et réservé. Mais après quelques mois à la fréquenter régulièrement, proximité oblige, elle avait découvert que derrière cette façade excentrique se cachait un cœur immense et une personne en qui elle pouvait avoir une entière confiance. Ainsi, au fil des ans, leur simple relation de voisinage s'était transformée en une profonde amitié.

Depuis la disparition d'Augustin, c'est grâce à Lisa que Johanna réussissait à garder tant bien que mal la tête hors de l'eau. Elle ne lui permettait pas de se morfondre et passait quotidiennement prendre des nouvelles de son amie et la forcer à continuer sa vie tant bien que mal.

— Allez Jo debout, reprit Lisa plus sérieusement, en la tirant doucement par les bras. Viens t'installer sur le canapé et explique-moi ce qui ne va pas ce matin. Tu as eu un appel de ta mère, c'est ça ? Il faut que tu arrêtes de te faire bouffer par elle tu sais.

Johanna l'interrompit et lui montra la valise.

— Non, ce n'est pas ça. Regarde !

— Tu as prévu de partir en voyage ? répliqua Lisa en découvrant le bagage qu'elle n'avait pas vu en entrant.

— Non, souffla Johanna.

Elle déglutit lentement. Sa voix n'était qu'un murmure.

— C'est la valise d'Augustin.

— Quoi ? Mais qu'est-ce que tu me racontes ? Écoute, viens t'asseoir dans le séjour, je suis complètement paumée et surtout t'es hyper lourde à tenir comme ça.

Johanna se laissait en effet totalement porter par son amie, toute force ayant quitté ses jambes.

Le duo avança lentement dans le couloir qui longeait l'escalier et pénétra dans le salon. Il était petit, comme toutes les pièces de la maison, mais meublé avec goût.

Après leur installation dans cette maison étroite de brique rouge typiquement anglaise, avec ses deux niveaux et ses pièces en enfilade, Johanna avait passé les six premiers mois à la rafraîchir, remplaçant l'affreuse tapisserie à fleurs recouvrant l'ensemble des murs de la maison par de jolies peintures aux couleurs pastel, retirant la moquette marron usée et découvrant un plancher en bois magnifique une fois poncé dans les deux chambres, le hall d'entrée et le séjour. Elle avait fait appel à un entrepreneur recommandé par un collègue d'Augustin pour faire quelques travaux d'électricité et de plomberie, et notamment remplacer les robinets d'eau froide et d'eau chaude séparés par des mitigeurs dans la salle de bain et la cuisine. Elle avait ensuite avec beaucoup de plaisir parcouru les brocantes pour dénicher des meubles à retaper et aménager ainsi leur nouveau chez-eux dans un style bien à elle, cosy, rustique et contemporain tout à la fois.

Lisa installa Johanna dans le canapé, alluma deux petites lampes placées sur des tables basses de part et d'autre de la pièce, mit en route la cheminée à gaz pour chasser l'humidité ambiante qui, en ce début de mois de novembre pluvieux, pénétrait désagréablement la maison, puis disparut quelques instants dans la cuisine attenante pour leur préparer du thé.

Une fois assise confortablement sous un plaid à côté de son amie qui était restée parfaitement immobile et silencieuse pendant qu'elle s'activait en fredonnant, Lisa posa délicatement sa main sur le bras de Johanna et lui dit :

— Jo, tu veux m'expliquer ce qui t'a mise dans cet état ? Je ne t'ai pas vu comme ça depuis le jour de l'annonce de l'accident. D'où elle sort cette valise ?

Plusieurs minutes passèrent, rythmées par le déplacement de la trotteuse de la petite horloge qui trônait sur le manteau de la cheminée, avant que Johanna ne parvienne à ouvrir la bouche.

— Je n'y comprends rien. J'ai l'impression d'être folle. La valise, c'est celle qu'Augustin prend toujours pour partir en voyage. Comment peut-elle se retrouver ici, intacte, alors que tout a été réduit en miettes lors du crash ? Ils n'ont rien retrouvé tu sais, je n'ai rien récupéré de lui.

Johanna éclata en sanglots et se jeta dans les bras de son amie.

— Ch…Ch… Je sais ma belle. On te l'a apportée ce matin ? l'interrogea Lisa, tout en la berçant doucement.

Johanna hocha la tête.

— Mais le livreur ne t'a rien dit ?

— Y avait une lettre, hoqueta Johanna. J'ai dû la laisser tomber.

— Bouge pas, je vais la chercher.

Lisa se leva d'un bond et se précipita dans l'entrée. Elle fut de retour dix secondes plus tard.

— Tiens, tu veux l'ouvrir ou je le fais pour toi ?

— Fais-le ! Je n'en ai pas la force.

— Ok !

Lisa déchira l'enveloppe blanche, tout en se réinstallant près de son amie.

— Mais quelle bonne idée ils ont eu de t'écrire dans une langue que je comprends, s'exclama-t-elle d'une manière théâtrale, en découvrant que le courrier était en anglais. Du coup, je te la lis.

« Chère Madame Laroche,

Nous vous informons que suite à une erreur d'aiguillage lors de l'escale de Monsieur Augustin Laroche à l'aéroport

Paris-Charles de Gaulle, sa valise n'a pas été transférée comme prévu sur le vol RC9890 à destination de l'aéroport de Shanghai-Pudong.

Aucune requête pour bagage égaré n'a été déposée pour cette valise. Cependant, étant données les circonstances exceptionnelles entourant ce dossier, nous avons décidé de vous remettre son bagage.

Nous vous présentons toutes nos condoléances et nous nous tenons à votre disposition pour… » bla bla bla, formule de politesse traditionnelle.

— C'est dingue cette histoire, conclut Lisa en relevant les yeux de la lettre. Enfin quand même, ils abusent, ils auraient pu t'envoyer, je sais pas moi, un psy ou un gars dans le genre, pour t'expliquer de vive voix la situation plutôt que de te donner un choc comme ça, sans assistance humaine. Heureusement que je suis là !

Lisa interrompit son bavardage et observa son amie. Johanna était livide mais ses larmes avaient cessé de couler. Elle était submergée par des émotions contraires. C'était comme si une partie d'Augustin lui était rendue, ce qui l'emplissait de joie, mais uniquement la partie matérielle, celle qui évidemment ne remplaçait pas l'homme, ce qui la plongeait dans un désespoir sans nom. *Pourquoi la vie est-elle si injuste ? Pourquoi est-ce la valise et non mon mari qui a loupé l'avion ?*

— Jo, tu veux que je t'apporte la valise ?

— Hmm, hmm…

— Ça veut dire oui ?

— Oui.

— Ok, j'y vais.

Lorsque Lisa réapparut dans la pièce, Johanna eu pendant quelques secondes la vision d'Augustin franchissant la porte comme à chacun de ses retours de ses voyages mensuels en Chine. Il arrivait généralement à l'heure où Johanna prenait son petit-déjeuner en regardant la chaîne d'informations en continu et avait l'habitude de vider sa valise dans le salon tout en échangeant les nouvelles de la semaine avec sa femme.

— Voilà Jo.

Lisa déposa le bagage sur le tapis devant le canapé et s'accroupit à côté.

— Jo, il est presque onze heures. Il va falloir que j'aille au resto, mais si tu préfères que je reste avec toi, je peux appeler Jane pour la prévenir de mon retard. Elle et Paul pourront très bien se débrouiller sans moi. Vu ce qui tombe dehors, je sens que la journée va être calme de toute façon.

— Non, non, vas-y. Déjà que je n'y vais plus ces derniers temps, si la deuxième patronne quitte le navire, nos employés vont vraiment penser qu'on les lâche. Et puis, honnêtement, je préfère être seule maintenant. Merci pour tout ce que tu as fait pour moi ce matin, encore une fois. Je ne sais pas ce que je ferais sans toi.

— Sans moi, tu serais momifiée dans ton entrée, blagua Lisa en se relevant. Avant que je parte, laisse-moi d'ailleurs aller te chercher des vêtements. Il est hors de question que tu restes la journée entière dans ce peignoir informe.

— Le livreur m'a surprise alors que je sortais juste de ma douche, se justifia Johanna - elle ne tenait pas à avouer l'épisode je-fais-comme-si-j'étais-blottie-dans-ses-bras-sous-la-couette, même à sa meilleure amie.

Elle réalisa également qu'elle était frigorifiée, en sous-vêtements sous son peignoir depuis bientôt deux heures.

Lisa redescendit quelques instants plus tard, tenant un jean délavé, un vieux T-shirt blanc, de grosses chaussettes et un épais gilet beige dans les mains.

— Tiens, t'as vu, j'ai même pensé au gilet pour ma frileuse préférée. Onze ans que tu habites ici, et tu ne t'es toujours pas adaptée au climat. J'te jure, ces continentaux, de vraies chochottes !

Le ton théâtral de cette dernière remarque réussit à faire naître un léger sourire sur le visage de Johanna.

— Merci ma Lisa !

— De rien ma belle. Bon, je te laisse, mais tu n'hésites pas à m'appeler si tu as besoin. Tu sais que je peux être là en cinq minutes !

— Oui, je sais que tu conduis comme une folle ! Ne t'inquiète pas, ça va aller. Passe bien le bonjour de ma part à Jane et à Paul.

— Je n'y manquerai pas ! Je repasse te voir en fin de journée et pense à manger d'ici là ! cria Lisa en franchissant la porte d'entrée.

— Oui Maman ! répliqua Johanna, tout en s'habillant chaudement.

3

Une fois son amie partie et ses vêtements enfilés, il lui fallut encore quelques minutes pour avoir assez d'énergie et de courage pour se laisser glisser au bas du canapé et se retrouver près de la valise.

Elle ferma les yeux, respira profondément et tendit la main vers la fermeture éclair. Elle s'aperçut alors que celle-ci était bloquée par le cadenas intégré au bagage. Heureusement, elle connaissait le code à quatre chiffres utilisé par Augustin ; ceci n'était pas trop compliqué, il utilisait toujours le même - 1005 - ce qui correspondait à la date de naissance de sa petite sœur qu'il aimait tant. Cela rappela à Johanna qu'elle n'avait pas parlé à sa belle-sœur depuis la cérémonie funéraire organisée en France par ses beaux-parents. Elle avait été tellement plongée dans son propre chagrin, qu'elle n'avait pas pensé une seule seconde à Hélène, qui devait également avoir le cœur dévasté. Elle se sentit honteuse et se promit de l'appeler d'ici la fin du week-end.

Les mains moites et tremblantes de fébrilité, elle mit un temps infini à réussir à aligner les quatre chiffres correctement. Le petit clic indiquant l'ouverture du verrou la fit presque sursauter. Elle fit coulisser lentement la fermeture éclair et souleva la partie supérieure de la valise jusqu'à la faire basculer totalement sur le sol.

Elle ne fut pas surprise de découvrir, pliée en deux sur le dessus, une veste de costume gris anthracite ainsi que deux pantalons coordonnés. Elle les souleva délicatement et trouva ensuite les chemises, les cravates et les sous-vêtements, tout ceci en piles parfaites comme les affectionnait Augustin. Il râlait toujours lorsqu'il voyait le fouillis dans lequel Johanna laissait ses vêtements et était le responsable en chef du repassage dans la maison.

Elle avait l'impression de commettre une violation en fouillant ainsi dans les affaires de son mari. Jamais auparavant elle ne s'était occupée des bagages de ce dernier. Elle savait que dans certains couples, l'homme déléguait entièrement cette tâche à sa femme mais cela l'avait toujours énervée au plus haut point. Après tout, elle n'était pas sa mère et elle estimait qu'il était capable de choisir et de préparer ses propres vêtements. C'est ainsi que même lorsqu'ils partaient en voyage ensemble, ils avaient toujours fait « bagage à part », expression qui faisait toujours rire leurs amis lorsqu'ils en parlaient.

Elle déplia une des chemises et la colla sur son visage. Elle la respira intensément en essayant d'y retrouver l'odeur d'Augustin. Elle fut déçue, car la chemise sentait surtout la lessive et le renfermé, après avoir passé un bon mois coincée dans la valise.

Johanna ouvrit la paroi en toile qui cachait le contenu de la partie supérieure du bagage. Elle attrapa la trousse de toilette, cadeau qu'elle lui avait fait pour Noël au début de leur relation. Malgré le tissu bleu marine fané et le zip de fermeture devenu capricieux, Augustin refusait d'en changer, invoquant sa praticité pour ne pas avouer son sentimentalisme.

La trousse ne contenait que des produits en format voyage, y compris un mini flacon de parfum rechargeable, qui lui permettait de ne prendre que la dose nécessaire pour une semaine. Johanna ne pût résister à l'envie d'en vaporiser sur sa peau pour la deuxième fois de la journée. Elle savait pourtant que cela la ferait immanquablement pleurer.

Les larmes roulaient sur ses joues pendant qu'elle continuait l'inspection de la valise. Des chargeurs de téléphone, de tablette et d'ordinateur ; des documents sur des projets architecturaux en cours, incompréhensibles pour la néophyte qu'elle était dans ce domaine ; et enfin un maillot de bain et des lunettes de natation. Augustin aimait en effet profiter de la piscine de l'hôtel pour faire quelques longueurs quand il en avait le temps à la fin de ses longues journées de travail.

Elle attrapa un mouchoir. Depuis qu'elle avait emménagé en Angleterre, elle avait l'impression d'avoir un rhume perpétuel et avait donc disposé des distributeurs dans toutes les pièces de la maison. Suite à la mort d'Augustin, sa consommation avait triplé et elle se demandait si le livreur du supermarché local, qui lui apportait ses courses hebdomadaires, parlait d'elle à ses collègues comme de la « folle aux mouchoirs ».

Voilà. Ce n'était que ça. Une simple valise, des objets qui ne représentaient rien, maintenant que leur propriétaire n'était plus là.

Une vague de colère la submergea subitement. Elle attrapa la première chemise et la déchira rageusement en hurlant :

— Pourquoi ? Pourquoi ? Pourquoi tu m'as abandonnée ? T'avais pas le droit ! On avait dit pour la vie ! Pour la vie ! Qu'est-ce que je deviens sans toi, moi ?

Tout en continuant à crier et à pleurer, elle attrapait les vêtements au hasard et les lançait dans la pièce.

Sa colère tomba d'un coup et Johanna enfouit son visage mouillé de larmes, de morve et de bave mêlées dans ses mains. Elle se sentait vidée. En cet instant, elle aurait préféré mourir que de vivre une minute de plus dans un monde qui avait perdu pour elle tout intérêt. Elle se recroquevilla sur le tapis et le silence de la pièce ne fut bientôt troublé que par le bruit de ses sanglots qui recouvraient le tic-tac de l'horloge.

*

En regardant les aiguilles qui affichaient quinze heures trente, Johanna réalisa qu'elle avait dû dormir presque trois heures. Ses nuits étaient tellement courtes et agitées ces derniers temps, qu'elle était épuisée.

Elle se redressa doucement tout en décollant une mèche de cheveux de sa joue. Le mélange larmes-morve-bave avait séché sur son visage et sa peau la tirait. Elle se sentait sale et misérable.

Une fois assise, le dos appuyé contre l'assise du canapé, son regard fut attiré par un bout de papier marron qui dépassait d'une poche au fond de la valise désormais vide, qu'elle n'avait pas remarquée auparavant. Elle tira dessus et réalisa alors qu'il s'agissait en fait d'une enveloppe en papier kraft scellée. Elle la retourna ; l'enveloppe était totalement vierge, sans aucune information sur sa provenance ou son destinataire.

Johanna hésita quelques secondes, puis décida de l'ouvrir. Après tout, personne n'était là pour l'en dissuader.

4

Johanna et Augustin avaient emménagé ensemble depuis presque deux ans dans un petit appartement du 9ème arrondissement de Paris, lorsque ce dernier était un soir rentré du travail et avait lancé :

— Ça te dirait, une expatriation en Angleterre ?

Passée la surprise initiale, elle avait été très vite enthousiasmée par le projet. Après tout, elle avait toujours adoré ce pays, pour une raison qu'elle ne s'expliquait pas vraiment d'ailleurs, et avait justement choisi de faire des études d'anglais avec, dans un coin de sa tête, le rêve qu'un jour peut-être, elle pourrait y vivre.

Une fois sa maîtrise en poche, elle avait effectué plusieurs missions en intérim dans une petite entreprise de l'est parisien spécialisée dans l'import-export, avant d'obtenir un CDD au poste d'assistante commerciale. Même si elle appréciait son employeur, elle quitta sans regret ce travail qu'elle n'avait accepté qu'en raison de son échec, deux années consécutives, au concours de professeur des écoles.

Pendant qu'Augustin s'investissait déjà dans son nouvel emploi au sein de Delta-Architecture, un groupe important ayant des bureaux d'architectes aux quatre coins du monde, Johanna s'occupa de toute la logistique liée au déménagement. Ses derniers mois dans la capitale lui parurent très courts, tant elle était accaparée par les diverses démarches auprès des banques, des assurances, et autres administrations, ainsi que par la recherche de leur nouveau logement.

Augustin avait commencé à travailler près de Birmingham six semaines après leur décision d'accepter le poste et avait négocié avec son employeur d'être logé à l'hôtel en attendant leur installation définitive. Johanna profitait généralement de ses week-ends pour le rejoindre et découvrir avec lui cette région du centre de l'Angleterre qu'ils ne connaissaient pas. Ils tombèrent tous les deux sous le charme de la campagne anglaise, à mille lieux de la vie trépidante de Paris, ou de Londres qu'ils avaient eu la chance de visiter un certain nombre de fois depuis leur rencontre.

Rapidement, leur choix se fixa sur Dalbury, une petite ville ravissante de trente mille habitants, située à vingt minutes au sud du lieu de travail d'Augustin. Ils visitèrent plusieurs maisons avant de faire une offre pour la maison dans laquelle ils vivaient toujours onze ans plus tard. Le beau-père de Johanna étant banquier dans une grande banque internationale, ils obtinrent facilement leur prêt et la vente put s'effectuer rapidement. Ce n'était pas la maison de leur rêve, mais elle était située dans un quartier agréable, proche des commerces tout en étant en bordure des champs. Et grâce aux efforts de Johanna, ils se sentirent rapidement chez eux.

Durant cette période de transition, elle avait beaucoup réfléchi à son avenir professionnel. Ce tournant dans leur vie était l'occasion idéale pour elle de trouver un travail qui lui apporterait un plus grand épanouissement que le précédent.

Dès que l'aménagement de leur maison fut terminé, elle s'inscrivit à l'université pour obtenir son PGCE, diplôme lui permettant d'être professeur de français dans les établissements britanniques. En parallèle de ses cours, elle entreprit de contacter toutes les écoles du secteur pour proposer ses services en tant qu'assistante de français bénévole. La directrice de la petite école de son quartier accepta avec joie et cette expérience lui confirma que l'enseignement lui plaisait. C'est en tout cas ce qu'elle pensait à ce moment-là.

A l'issue de sa formation d'un an, qu'elle valida avec succès, elle décrocha un poste dans le lycée du village voisin et débuta sa nouvelle carrière avec beaucoup d'enthousiasme. Ce dernier dura quelques mois, le temps pour elle de s'apercevoir que, si elle avait su gérer des classes de primaire, son manque d'autorité naturelle était un sérieux handicap pour canaliser l'énergie débordante de jeunes adolescents, plus intéressés par leurs histoires d'amour naissantes et le dernier tube à la mode que par l'étude d'une langue étrangère dont ils ne voyaient pas l'intérêt puisque le monde entier, selon eux, parlait l'anglais.

Une fin d'après-midi pluvieuse de mars, elle se gara devant sa maison après une journée particulièrement éprouvante et sut qu'elle avait atteint les limites de ce qu'elle pouvait supporter. Une immense lassitude l'envahit et elle se sentit incapable de sortir de sa voiture. Elle resta une bonne vingtaine de minutes à fixer le néant, bercée par le ruissellement des gouttes sur la carrosserie. Elle n'aperçut pas sa voisine se précipiter hors de chez elle et poussa un hurlement quand apparut soudain le visage de Lisa pressé derrière la vitre côté conducteur.

Johanna abaissa sa fenêtre et la regarda d'un air ahuri.

— Que se passe-il ?

— Il se passe que cela fait presque une demi-heure que je t'observe immobile dans ta voiture, répliqua Lisa, et je suis venue vérifier si tu allais bien.

— Oh, oui, oui merci, ça va, juste un peu de fatigue.

— Un peu de fatigue ? Vu ta tête, on dirait que tu as croisé un zombie ! Allez viens chez moi, on sera mieux pour discuter un peu.

Et avant que Johanna ne réalise ce qui lui arrivait, elle était assise dans la cuisine de Lisa, une tasse de thé brûlant posée sur la table devant elle, entourée de trois enfants l'observant avec des yeux curieux.

— Allez les p'tits monstres, arrêtez de fixer Johanna et finissez votre repas ! Je reviens tout de suite, je vais juste me sécher un peu les cheveux.

Johanna se retrouva seule et tétanisée. C'était la première fois qu'elle pénétrait chez sa voisine et elle se sentait mal à l'aise dans cette pièce où régnait un incroyable fouillis.

— Tu sais que Phoebe, elle a déjà deux dents qui bougent ! Elle a trop de la chance, les miennes elles bougent pas du tout. Regarde !

L'aîné, Archie, un petit roux d'environ six ans, qui ressemblait énormément à sa maman, avait profité de l'absence de cette dernière pour se lever et s'approcher de Johanna. Il tournait vers elle son visage maculé de sauce tomate en ouvrant grand la bouche, qui contenait encore une partie de sa dernière bouchée partiellement mâchée.

— Ah oui, je vois, répondit Johanna, mi-amusée, mi-dégoûtée. Ne t'inquiète pas, les tiennes aussi vont tomber un jour ; aucun adulte ne garde ses dents de lait. Mais dis-moi, c'est qui Phoebe ?

— C'est son amoureuse, souffla Leo, le cadet, en rigolant.

— C'est même pas vrai, espèce de bébé ! se vexa Archie.

— Du calme, du calme les garçons, intervint Johanna. Allez, finissez votre repas pour faire plaisir à votre maman. Regardez comme votre petite sœur mange sagement, faites comme elle !

— Enfin…, vous, vous pouvez prendre votre fourchette, ajouta-t-elle en leur faisant un petit clin d'œil.

Millie, la petite dernière, imperturbable dans sa chaise haute malgré l'agitation régnant autour d'elle, attrapait avec beaucoup d'application entre ses doigts courts et potelés ses pâtes une par une, avant de les fourrer dans sa petite bouche en émettant de petits bruits de contentement. Réalisant qu'elle était observée, elle gratifia ses frères et Johanna d'une grimace malicieuse et ravie, avant de reporter son attention sur son assiette.

Lisa retrouva son invitée le sourire aux lèvres, bien plus détendue qu'à son arrivée.

— Alors, vous faites bien connaissance ?

— Tu as des enfants adorables, Lisa.

— Merci Johanna. J'ai foiré beaucoup de choses dans ma vie, mais c'est vrai que ces trois-là, je les ai super bien réussis, reconnut Lisa en regardant ses enfants avec amour et fierté.

— Bon, c'est pas tout ça, reprit-elle, mais faut qu'on trinque ! J'ai un super bon petit vin blanc au frais. C'est un ami qui me l'a offert il y a quelques mois. J'attendais l'occasion idéale pour l'ouvrir, je crois qu'elle est arrivée !

— Heu, j'ai dû louper quelque chose, on trinque à quoi ? interrogea Johanna un peu décontenancée par l'exaltation et la spontanéité de sa voisine.

— Bah à notre premier vrai rendez-vous, qui sera suivi de beaucoup d'autres et au début d'une longue et grande amitié ! Depuis que tu es arrivée dans le quartier, on n'a pas eu vraiment le temps de faire connaissance, mais dès le premier jour, j'ai su qu'on allait bien s'entendre. Tu m'as tout de suite fait penser à ma meilleure amie au lycée, que j'ai malheureusement perdue de vue depuis son départ pour l'Australie avec sa famille.

Lisa conclut son petit discours en tendant un verre plein à Johanna.

— Tchin ! Et maintenant, Johanna, dis-moi qui tu es vraiment, raconte-moi un peu ta vie.

Johanna étant d'une nature solitaire, elle ne se liait généralement pas facilement d'amitié et avait tendance à fuir les personnes trop démonstratives. Elle se surprit donc elle-même lorsqu'elle réalisa, une heure plus tard, qu'après quelques secondes de silence embarrassé, elle avait pris du plaisir à se livrer et à partager son intimité avec cette femme qu'elle connaissait à peine. La conversation avait été gaie, naturelle et lui avait permis d'oublier les soucis de la journée.

— Merci Lisa pour ce bon moment. Je n'ai pas vu le temps passer ! Il est déjà presque sept heures, il faut que je rentre préparer à manger. Et j'imagine que tu dois aller coucher tes enfants.

Ces derniers s'étaient rapidement éclipsés une fois leur repas terminé et avaient profité que leur mère soit occupée pour obtenir une séance télé un peu plus longue qu'à l'accoutumée.

Lisa se leva à regret. Elle avait également apprécié cette pause imprévue dans sa routine du soir de mère célibataire.

— C'était un plaisir, tu reviens quand tu veux ! Mais tu as raison, je dois aller coucher mes petits loups si je ne veux pas qu'ils se transforment en monstres grincheux demain !

Cette première rencontre marqua, comme l'avait prédit Lisa, le début de leur amitié. Johanna oublia rapidement tous ses préjugés et passa de plus en plus de temps chez sa voisine. Elle appréciait particulièrement sa compagnie durant les déplacements professionnels d'Augustin ou lorsque sa journée au lycée avait été difficile.

C'est lors de l'une de leurs petites soirées, environ six mois après que Lisa eut sorti Johanna de sa voiture, et alors qu'elles s'étaient toutes les deux confortablement installées dans le salon avec un verre de vin après avoir couché les enfants, que Lisa aborda le sujet du restaurant pour la première fois.

— Jo, je voudrais te faire une proposition.

— Oh là, tu prends un ton bien sérieux, tu me fais presque peur ! la taquina Johanna. Tu sais que je suis déjà en couple et que même si je t'aime beaucoup, je n'ai aucune attirance pour toi, alors j'espère que ce n'est pas une proposition indécente.

— T'es bête ! D'abord, tu sais bien que je n'aime que les mecs baraqués, avec un petit cerveau et une grosse b…!

— Lisa ! protesta Johanna, en lui balançant un coussin dans la figure. Tais-toi, je ne veux pas en entendre plus !

Lisa éclata de rire en lui renvoyant le coussin. Elle adorait choquer son amie en employant des mots très crus qui la faisait rougir jusqu'aux oreilles.

— Oh oui, j'oubliais, je suis avec une princesse très prude qui ne parle jamais de sexe ! Mais c'est toi qui me fais dire n'importe quoi alors que je m'apprêtais à te parler d'un sujet très sérieux et qui me tient à cœur.

— Ok, ok, mea culpa ! Je suis tout ouïe !

— Bon, alors voilà. Tu sais que le pub The Red Lion, à Worley, est tenu par mon père ?

— Oui, tu me l'as déjà dit. Nous sommes passés plusieurs fois devant avec Augustin. C'est très mignon de l'extérieur, mais nous n'y avons jamais mangé encore.

— Tu n'as rien loupé ! Je sais, ce n'est pas très sympa de dire ça, mais c'est vrai que l'intérieur est très vieillot et que la nourriture n'est franchement pas exceptionnelle, avoua Lisa. Bref, mon père en a marre et souhaite prendre sa retraite. Il m'a donc demandé si je voulais reprendre l'affaire. Cela fait plusieurs jours que j'y réfléchis et j'ai eu une super idée ! Je te propose qu'on s'associe et qu'on ouvre un resto toutes les deux.

Johanna la regarda avec des yeux ronds, totalement prise au dépourvu par cette annonce inattendue.

— Quoi ! T'es sérieuse ? interrogea-t-elle Lisa, une fois un peu remise de sa surprise. Mais je n'y connais rien moi, à la restauration ! Et puis, c'est vrai, on s'entend bien en tant que voisines, mais de là à bosser ensemble, y a une marge. Comment être sûres qu'on ne va pas s'étriper au bout de quelques mois ?

Lisa ne se laissa pas démonter par le scepticisme de son amie.

— Je savais que tu allais réagir comme ça. Mais franchement, je suis sûre que cela pourrait super bien fonctionner. D'abord, on en a toutes les deux marre de notre boulot. Toi tu ne supportes plus les ados et moi, cela fait dix ans que je coiffe les petites vieilles, j'ai eu ma dose de cheveux gris, de colorations improbables et de brushing !

Lisa but une gorgée de vin avant de continuer :

— J'ai souvent aidé mon père au pub, je me débrouille bien au service et à l'encadrement d'équipe et toi avec ton côté cartésien et tes études, je pense que tu serais super pour la gestion. Et j'ai besoin de toi pour la déco et la cuisine. Avec tes talents, on peut transformer ce pub en un endroit génial ! En ce qui concerne notre entente, ajouta-t-elle, y a aucune raison que cela se passe mal, je le sens. On est un peu le yin et le yang toutes les deux, on se complète super bien et chacune fait ressortir le meilleur de l'autre.

— Et bien dis donc, quelle tirade ! T'avais préparé tes arguments à ce que je vois ! Franchement, je suis hyper surprise, je ne m'attendais pas du tout à cette proposition. Il va falloir que tu me laisses le temps de la réflexion. Et je veux évidemment en parler avec Augustin, car cela impliquerait un grand changement dans notre vie quand même…

Si Lisa fut déçue par le manque d'enthousiasme de son amie, elle n'en montra rien et lui adressa un grand sourire.

— T'inquièt', je ne m'attendais pas à ce que tu me répondes immédiatement. De toute façon, même s'il dit qu'il en a assez, mon père ne va pas lâcher son affaire du jour au lendemain. Tu as donc tout le temps que tu veux pour réfléchir. Mais prends la bonne décision !

5

Huit ans plus tard, attablée dans un coin du Red Lion, Lisa essayait avec peu de succès de se concentrer sur les factures des fournisseurs. C'était en général Johanna qui assurait cette partie du boulot, pour la plus grande joie de Lisa qui détestait ce qu'elle appelait la paperasserie.

Elle se cala contre le dossier de sa chaise et laissa son regard vagabonder.

Lorsque Johanna était revenue vers elle deux semaines après qu'elle lui eut fait sa proposition, en lui disant qu'elle acceptait de relever le défi, Lisa n'avait pu s'empêcher de lui sauter dans les bras et de l'entraîner dans une sorte de danse de Saint Guy.

Son intuition s'était confirmée, leur association avait immédiatement fonctionné. Bien sûr, il y avait eu quelques tensions et des éclats de voix parfois, mais leurs disputes n'avaient jamais remis en cause leur décision de travailler ensemble.

Johanna s'était chargée de la décoration du pub et avait réussi à transformer cet endroit décrépi en un lieu moderne et chaleureux. Elle avait eu la bonne idée de faire de la pièce attenante à la salle principale, qui jusqu'alors servait uniquement de lieu de stockage, un espace de jeux insonorisé pour les enfants. Cela leur avait permis d'attirer rapidement une nouvelle clientèle plus jeune, ravie de pouvoir manger tranquillement tout en observant ses enfants jouer, sans bruit, derrière la nouvelle baie vitrée qui avait été installée.

L'embauche d'un jeune cuisinier, Paul, formé en France et très motivé, avait été également une excellente initiative. La carte avait été entièrement remaniée et leur restaurant avait rapidement figuré parmi les établissements les mieux classés de la région sur les sites spécialisés, grâce à son bon rapport qualité/prix et sa cuisine inventive. Les plats proposés étaient simples mais originaux, toujours élaborés avec des produits frais achetés, dans leur majorité, auprès de producteurs locaux, et très bien présentés.

Lisa et Johanna accordaient également une très grande importance au service. Elles étaient réputées pour leur excellent accueil et l'ambiance conviviale qu'elles faisaient régner dans leur restaurant.

Lisa fut tirée de sa rêverie par l'arrivée de Jane.

— Tu t'en sors ?

Cette petite femme dodue et énergique d'une cinquantaine d'année, qui ne se départait que rarement de son sourire éclatant, avait été embauchée six mois après le début de leur aventure et entretenait avec ses deux employeurs un rapport presque maternel.

— Bof, tu m'connais, c'est vraiment pas mon truc les chiffres.

— Pourquoi tu n'acceptes pas la proposition de Tony de t'aider ?

— T'es gentille, mais je ne veux pas embêter ton pauvre mari. Il a déjà assez à faire avec son boulot.

— Arrête, ce ne serait pas grand-chose pour lui. Il serait ravi de le faire, tu sais bien qu'il ne peut rien te refuser !

— Vous êtes vraiment adorables tous les deux. Écoute, je vais essayer d'avancer un peu sur ces fichues factures. Mais je te promets d'appeler Tony à l'aide si j'ai besoin, même si mon ego de patronne indépendante en prendrait un coup !

— Ton ego, range-le dans ta culotte, moi je retourne à ma popote !

Lisa s'esclaffa.

— Ça sort d'où ça encore ? Attends, faut que je la note pour ne pas l'oublier.

— Tu ne connais pas ce vers très connu de la grande poétesse, Jane Woodland ? Tu devrais la lire, elle a beaucoup de talent, dit Jane avant de partir dans un grand éclat de rire communicatif.

Jane était la championne des expressions approximatives et des jeux de mots débiles, que Johanna et Lisa consignaient scrupuleusement dans un petit carnet, qui s'était bien rempli durant les huit dernières années. Les meilleurs avaient même le privilège d'être écrits sur de grandes ardoises et accrochés sur les murs du restaurant, si bien que Jane était devenue une petite célébrité dans le quartier.

— Ça, pour avoir du talent, tu en as ! Tu as surtout celui d'égayer un peu cette journée maussade, reprit Lisa, une fois leurs rires calmés.

Comme elle l'avait prédit, les clients ne s'étaient pas bousculés en ce samedi gris et pluvieux et l'activité avait été insuffisante pour chasser de ses pensées sa visite matinale à Johanna. Elle se faisait du souci pour son amie et n'était pas complètement rassurée de l'avoir laissée seule alors qu'elle était si bouleversée. Cette valise était arrivée alors que Johanna semblait enfin sortir un peu de l'apathie totale dans laquelle elle s'était réfugiée depuis l'annonce de l'accident. Elle avait essayé de l'appeler plusieurs fois, sans succès, au cours de la journée, et son absence de réponse n'avait fait que renforcer son inquiétude.

Alors qu'elle tentait bravement de chasser ses idées noires et de se replonger dans sa comptabilité, Lisa fut interrompue par l'entrée fracassante de Millie.

— Maman !

— Coucou ma chérie, je suis contente de te voir. C'était bien chez Papy et Mamie ?

— Ouais, comme d'hab' ! Mamie te dit qu'elle n'a pas le temps de venir te dire bonjour, car elle doit aller se préparer pour sa soirée bingo.

— Ah, ta grand-mère, elle est terrible avec son bingo ! Allez, viens faire un câlin à ta vieille maman qui ne t'a pas vue depuis une éternité, réclama Lisa en reculant sa chaise et en ouvrant les bras en direction de sa grande fille de bientôt onze ans.

— Maman, tu m'as déposée hier soir chez papy et mamie, râla Millie, qui après avoir vérifié du regard que ce côté de la salle était vide, accepta tout de même de bon cœur de jouer le rôle de l'éternel bébé de la famille et de se blottir sur les genoux de sa mère.

— Je sais, mais tu me manques toujours quand tu n'es pas là, chuchota Lisa en enfouissant son visage dans la douce chevelure de sa fille.

Ce moment d'intimité fut bref, Millie se dégageant rapidement des bras de sa mère.

— J'ai trop faim, je peux aller voir en cuisine si Paul a quelque chose à me donner ?

— Ok, vas-y, soupira Lisa.

Réalisant qu'il était déjà dix-huit heures, elle ajouta :

— Demande-lui de te servir un repas complet tant qu'à faire. Je n'ai pas eu le temps de faire les courses, ce sera plus simple que tu manges ici.

— Comme d'hab' quoi ! lança Millie en s'éloignant.

Lisa ne pouvait qu'admettre que sa fille avait raison. Elle était une piètre cuisinière et son frigo était généralement quasiment vide. Au fil des années, ses enfants, et elle-même, en étaient venus à considérer le pub comme leur cantine principale.

Après avoir rangé sa paperasse, elle se dirigea également vers la cuisine. Elle salua en passant les habitués installés au bar, ainsi que les clients des deux seules tables occupées.

Espérons que la soirée soit un peu plus animée, pensa-t-elle, car ce n'est pas avec le chiffre qu'on a fait aujourd'hui qu'on va faire tourner la boutique.

En l'absence de Johanna, elle avait pris sur ses épaules l'ensemble des responsabilités de chef d'entreprise, et, alors qu'elle avait toujours été insouciante, elle découvrait l'inquiétude que pouvait représenter une journée de faible fréquentation. Elle avait l'impression de comprendre un peu mieux les angoisses de Johanna et se promit d'être plus indulgente quand celle-ci reprendrait son poste et recommencerait à paniquer en étudiant leur bilan financier. Car pour Lisa l'optimiste, il n'y avait aucun doute que son amie reprendrait le travail prochainement.

En pénétrant dans la cuisine, elle découvrit Paul, Millie et Louisa, la jeune fille qui les aidait le week-end, attablés autour d'un énorme plat de pâtes.

— Eh bien, la vie est belle ici, à ce que je vois !

— Ça peut aller chef, répondit Paul. Je profite du calme avant la tempête pour manger un bout. Je suis sûr qu'après avoir passé la journée au chaud, tout le monde va vouloir se changer les idées et va débouler en même temps ici.

— J'espère que tu as un vrai don de voyant, rigola Lisa. D'ailleurs, est-ce que ta boule de cristal t'a révélé ce que je venais te demander ?

— Pas besoin de boule de cristal pour ça, chef ! répliqua Paul en repoussant son siège et en se dirigeant vers ses marmites avec un grand sourire. Alors, le doggy bag, je te le prépare pour combien de personnes ce soir ?

— Ok, sur ce coup-là, j'étais un peu trop prévisible. Pour deux, s'il te plaît ! Les garçons sont en week-end chez leurs grands-parents paternels, donc pas besoin de me donner des rations géantes. Ce sera pour Johanna et moi seulement.

— Pour mes deux patronnes préférées, ce sera donc mes meilleurs morceaux de poulet basquaise, accompagnés de riz sauvage et de petits légumes.

— Merci, tu es une perle !

Lisa interpella sa fille.

— Millie, finis vite de manger s'il te plaît, il faut que nous rentrions.

Puis, elle se tourna vers ses employés.

— Paul, Louisa, je compte sur vous pour être au top, comme d'habitude. Merci pour votre aide, nous avons vraiment de la chance de vous avoir.

— Merci chef, répondit Paul.

Louisa se contenta d'un hochement de tête. Arrivée plus récemment dans l'équipe, elle était encore un peu mal à l'aise face au style décontracté de management de Lisa et ne savait jamais trop comment répondre à ses compliments.

Après avoir récupéré son repas et avoir confié la boutique à Jane, Lisa prit le chemin du retour, accompagnée de Millie.

6

Millie accepta avec plaisir de rester seule chez elle, en échange de la permission de regarder un film à la demande. Pour une fois que ses frères n'étaient pas là pour se moquer d'elle et lui imposer leurs films de super-héros, elle allait pouvoir choisir une comédie romantique bien sentimentale.

Après s'être changée pour enfiler une tenue confortable et décontractée, Lisa se précipita chez sa voisine. Comme dans la matinée, Johanna ne répondit pas à son coup de sonnette et après avoir toqué plusieurs fois, elle se décida à entrer sans y avoir été invitée.

— Jo, t'es là ? Le repas est servi, cria Lisa en se dirigeant vers la cuisine.

Elle jeta un coup d'œil au salon en passant et s'arrêta net en apercevant le désordre qui y régnait.

— Ben, qu'est-ce qui s'est passé ici ? C'est quoi ce bazar ? T'as décidé de faire concurrence avec ma maison ? J'te préviens, t'as de la marge avant d'arriver à mon niveau, se força-t-elle à plaisanter, alors qu'elle sentait croître son inquiétude.

Elle pénétra dans la pièce et découvrit son amie sur le canapé, qui la fixait avec des yeux vides. Camouflant son soupir de soulagement, elle s'approcha d'elle avec un grand sourire.

— Jo, ma belle !

Elle s'assit à côté d'elle en l'enlaçant. Mais Johanna resta raide dans ses bras.

— La journée a été dure à ce que je vois. Je suis désolée de t'avoir laissée seule pour affronter ça. J'aurais dû rester à tes côtés, lui murmura Lisa.

— Non, c'était mieux comme ça, réussi à articuler Johanna. Cela aurait été encore plus dur de découvrir la trahison d'Augustin avec un témoin.

— Quoi ? Mais de quoi tu parles ?

— De ça, cracha Johanna.

Ce ton agressif, qui changeait tellement de sa voix sans timbre des dernières semaines, surprit Lisa. Elle fut encore plus étonnée en découvrant les deux photos que lui tendaient son amie.

— Merde alors, c'est quoi cette connerie ? souffla-t-elle.

— Cette connerie comme tu dis, c'est la preuve que mon mariage n'était qu'une mascarade ! Comment j'ai pu être aussi naïve et croire que c'était à cause de son boulot qu'il passait une semaine par mois en Chine depuis quelques années !

— Non, mais attends Jo, il y a forcément une explication, tenta de la rassurer Lisa. Ton Augustin, c'était le meilleur homme du monde.

— Le meilleur menteur du monde, tu veux dire ! Non mais, regarde ces photos, regarde-les bien ! Moi j'ai passé des heures à les scruter aujourd'hui, pour essayer de me prouver qu'elles ne signifiaient rien. Mais la seule chose qui ressort de ces photos, c'est l'amour !

Johanna laissa échapper des sanglots rageurs.

Lisa approcha les deux photos pour les examiner plus attentivement.

Sur la première, on apercevait Augustin et une jeune femme asiatique, tenant la main d'une petite fille qui devait avoir trois ou quatre ans et qui semblait ravie, comme le sont les enfants lorsqu'ils sont balancés à bout de bras par leurs parents. Il était difficile de distinguer leurs visages précisément, la photo ayant été prise d'un peu loin, mais on pouvait sentir le bonheur et la complicité qui se dégageaient d'eux et presque entendre leurs éclats de rire.

La deuxième photo permettait en revanche de les voir de très près puisqu'il s'agissait d'un selfie. Les têtes des deux adultes entouraient celle de la gamine, qui les tenait par le cou. Ils affichaient de grands sourires et le bonheur irradiait une nouvelle fois de leurs personnes.

Lisa pensa qu'Augustin était décidément un très bel homme, quoiqu'un peu trop classique à son goût, et que la jeune femme était également d'une grande beauté, avec ses longs cils bordant des yeux d'un noir profond, renforcé par la pâleur de sa peau et par sa chevelure brune et raide qui lui encadrait le visage. Mais ce qui la choqua le plus, fut de réaliser que la petite fille était indéniablement eurasienne. Elle avait les yeux de sa mère mais ses cheveux étaient beaucoup plus souples et d'un châtain clair très similaire à ceux d'Augustin.

— Ce n'est pas possible, ce n'est pas possible, répéta-t-elle en secouant la tête. Il y a forcément une explication à ces photos.

— Eh oui, une explication très simple et rationnelle : Augustin menait une double vie ! Et cette femme lui a clairement apporté quelque chose que je n'ai jamais pu lui donner.

— Arrête de te faire du mal Jo ! Ne remets pas toute ta vie en cause aussi vite.

Lisa essayait tant bien que mal de réconforter son amie, mais elle sentait elle-même que sa voix manquait de conviction. Après tout, même si Augustin lui avait toujours semblé être un homme charmant, elle ne le connaissait pas si bien que ça. Son expérience avec les hommes lui avait plutôt prouvé jusqu'à présent que la gent masculine comptait de nombreux salauds égoïstes et égocentriques. Et Augustin, sous ses airs de mari idéal, ne valait peut-être finalement pas mieux que les autres… Elle se tut donc et se contenta d'entourer son amie de ses bras.

Perdues chacune dans leurs pensées, elles laissèrent les minutes s'égrener. Puis Lisa demanda doucement à Johanna :

— Tu as mangé aujourd'hui ?

— Je ne sais pas.

— Ok, ça, ça veut dire non ! Voilà ce que je te propose : je vais faire réchauffer le bon petit plat que nous a préparé Paul, je vais voir comment va ma fille, je ramasse le bazar que tu nous as mis ici, on met les photos de côté pour ce soir et on essaye de se détendre devant Mamma Mia.

Sans attendre la réponse de Johanna, Lisa se dirigea vers la cuisine et mit en application son plan d'action. Vingt minutes plus tard, la valise et son contenu avaient disparu de leur vue, Millie avait reçu la consigne d'aller se coucher à vingt-et-une heures maximum et elles étaient prêtes à démarrer leur film fétiche, un plateau-repas sur les genoux.

— À nous !

Lisa fit tinter son verre contre celui de Johanna, qui était toujours posé sur son plateau, et chercha le regard de son amie.

— Jo, regarde-moi ! Quelles que soient les épreuves qui t'attendent encore, nous les traverserons ensemble. Quelle que soit la vérité dans cette histoire, je t'aiderai à la trouver si tu le souhaites. Et surtout, je ne laisserai rien ni personne te détruire ! Tu es une fille formidable, et je ferai tout ce qui est en mon pouvoir pour que tu retrouves ta joie de vivre.

Les larmes coulèrent lentement sur les joues de Johanna, mais elle n'esquissa aucun mouvement pour les essuyer. Même si ce discours était un peu grandiloquent, elle savait qu'il était sincère et elle savoura une fois encore sa chance d'avoir une telle battante auprès d'elle.

7

Quatre heures du matin. Johanna, allongée dans le noir, les yeux grands ouverts et le cerveau en ébullition, avait renoncé à trouver le sommeil.

La veille, Lisa était partie avant la fin de Mamma Mia, après avoir reçu un appel angoissé de Millie, peu rassurée d'être seule chez elle une fois couchée. Johanna, qui n'avait absolument pas réussi à concentrer son attention sur les images qui défilaient à l'écran, avait été soulagée de mettre un terme à l'enchaînement des chorégraphies joyeuses des acteurs sur les chansons d'ABBA. Ce film, qu'elle adorait d'ordinaire, était ce soir-là tellement éloigné de son état dépressif, qu'il lui donnait le cafard.

Elle avait réussi à trouver le courage de s'extirper du canapé, de ranger les vestiges de leur repas et de se hisser jusqu'à sa chambre pour se mettre au lit. Depuis, elle ne pouvait s'empêcher de continuer à faire ce qu'elle avait déjà fait toute la journée depuis la découverte des photos : se remémorer sa vie de couple en essayant de trouver le moindre indice qui aurait dû lui mettre la puce à l'oreille.

Est-ce qu'Augustin avait été plus distant ces derniers temps ? Est-ce qu'il était réellement préoccupé par son travail ou était-ce ses mensonges qui le rongeaient ? Est-ce qu'il l'avait moins désirée ? Est-ce que lorsqu'il était avec elle, il pensait à l'autre femme et à l'enfant qui l'attendaient en Chine ? Était-ce vraiment le sien ? Était-il un si bon acteur pour qu'elle ne se soit rendu compte de rien ou portait-elle des œillères qui l'avaient empêchée de voir l'évidence ? Est-ce que quelqu'un était au courant ? Depuis combien de temps jouait-il la comédie ? Est-ce qu'il avait tenté de lui dire la vérité ? Est-ce qu'il voulait la quitter ?

Johanna était épuisée par toutes ces questions sans réponse qui tournaient dans sa tête. Elle avait envie de hurler et si elle avait pu, elle aurait roué Augustin de coups. Elle qui avait toujours été une personne plutôt mesurée, était déstabilisée par la violence avec laquelle la haine l'avait envahie, balayant toute la tristesse qui s'était accumulée en elle. Elle haïssait Augustin, elle haïssait cette femme et elle haïssait même cette enfant !

La lueur blafarde diffusée par la pleine lune perçait à travers les rideaux. Mue par le besoin d'échapper à son mal-être, Johanna se leva, enfila son jean et un pull par-dessus sa chemise de nuit, récupéra ses bottes et son manteau dans l'entrée et se précipita hors de la maison. Elle s'élança d'un pas rapide en direction des champs, mais dut rapidement réduire son allure, le souffle court. Sans être une grande sportive, elle avait habituellement une bonne condition physique et était une excellente marcheuse. Ayant cependant passé l'essentiel de son temps assise ou allongée à pleurer depuis la disparition d'Augustin, en oubliant régulièrement de manger, elle avait du mal à avancer et sentait son corps peiner à remettre en action ses muscles ramollis.

Sa progression était également ralentie par le sol boueux qui aspirait ses chaussures à chaque pas et le vent violent qui soufflait par bourrasques. Mais au moins, il ne pleuvait pas et la grande concentration qu'elle déployait pour garder son équilibre et adapter sa respiration lui permit d'évacuer la tension accumulée.

De retour chez elle une bonne heure plus tard, transpirante, épuisée mais détendue, elle prit une longue douche brûlante avant de se pelotonner sous sa couette et de s'endormir comme un bébé.

Lorsqu'elle émergea de son sommeil profond, sans rêve ni cauchemar, elle fut étonnée en découvrant qu'il était déjà deux heures de l'après-midi. Elle avait dormi presque six heures d'affilée, ce qui ne lui était plus arrivé depuis l'accident. Son esprit était clair et elle se sentait fraîche et reposée, ce qui changeait également de ces dernières semaines. Elle réalisa soudain qu'elle mourait de faim.

A la cuisine, elle trouva un pain au chocolat et un mot de Lisa posés en évidence sur la table :

« Salut ma belle au bois dormant, je suis passée pour prendre le petit-dej' avec toi, mais tu dormais tellement bien que j'ai préféré te laisser récupérer. Je file au resto. Appelle-moi si tu as besoin. Bisous, Lisa. »

Décidément, c'est l'amie parfaite ! pensa Johanna, en mordant à pleines dents dans la viennoiserie. Ce n'était sûrement pas la meilleure du monde, mais après un mois à se nourrir par obligation, sans appétit, elle lui parut délicieuse.

Une fois rassasiée, elle entreprit de laver la vaisselle de la veille, tout en se faisant couler un second café. Par la fenêtre au-dessus de l'évier, elle pouvait apercevoir un coin de ciel bleu et de timides rayons de soleil qui réchauffaient les feuilles aux jolies teintes rouille de l'unique arbre de son petit jardin. L'été avait cédé sa place à l'automne et elle ne s'en était même pas aperçue avant cet instant, trop absorbée par son chagrin. Elle avait l'impression que la nature, en lui présentant sa beauté, lui envoyait un message d'encouragement. Encouragement à profiter de ce moment de sérénité pour faire le point sur sa situation.

L'accident d'avion avait brisé net le fil jusque-là relativement paisible de leur vie commune et l'avait plongée dans un désespoir incommensurable. La découverte des photos la veille l'avait anéantie et avait fini de lui faire perdre ses repères.

Cependant, ce deuxième choc entraînait des conséquences bien différentes du premier. Une enquête était en cours pour déterminer les causes de l'accident, mais Johanna n'avait aucun pouvoir d'action et elle était, comme toutes les autres familles de victimes, condamnée à attendre pendant une durée indéterminée les conclusions des experts.

En ce qui concernait la double vie d'Augustin en revanche, elle avait le pouvoir de décider de la suite à donner à sa découverte : elle pouvait choisir d'oublier ces photos, de faire comme si elles n'avaient jamais existé et qu'il ne s'agissait que d'un mauvais rêve. Ou elle pouvait choisir de chercher qui étaient cette femme et cette enfant et redevenir ainsi actrice de sa vie.

Au fond d'elle, elle savait qu'elle ne trouverait pas la paix tant qu'elle n'aurait pas découvert toute la vérité, même si celle-ci était douloureuse. Elle avait besoin de mettre un nom sur ces visages et de comprendre pourquoi et comment ils étaient reliés à Augustin.

Johanna récupéra son café et se rendit au salon, où elle s'aperçut que le voyant du répondeur clignotait. Elle devinait qui avait essayé de la joindre et se félicita d'avoir pensé à débrancher le téléphone de sa chambre avant de retourner se coucher ce matin.

Sa mère appelait invariablement tous les dimanches à onze heures, ce qui faisait dix heures en Angleterre, étant donné le décalage horaire existant entre les deux pays. Et elle attendait de Johanna qu'elle soit disponible pour l'écouter se plaindre de ses nombreux malheurs. Cet appel hebdomadaire avait été source de conflit avec Augustin au début de leur relation. Mais il avait vite compris que c'était le meilleur moyen de satisfaire Patricia, sa belle-mère, et d'acheter sa tranquillité pour le reste de la semaine.

Johanna entretenait des relations particulières avec sa mère. Son père était décédé lorsque son frère, sa sœur et elle étaient encore petits et elle admirait le courage de sa mère qui les avait élevés seule et avait réussi à s'en sortir en ne comptant que sur elle-même.

Étant l'aînée de la fratrie, elle avait vite assumé le rôle de parent secondaire et avait été très proche de sa mère, du moins jusqu'à la fin de son adolescence. Patricia n'avait en effet pas accepté le besoin d'indépendance de sa fille et sa décision d'aller étudier à plus de quatre-cents kilomètres de chez elle. Depuis lors, elle interprétait tous les choix de vie de Johanna comme des actes de trahison et ne pouvait s'empêcher de lui faire des reproches chaque fois qu'elles se parlaient, tout en lui répétant à quel point elle l'aimait. Quant à Johanna, elle s'irritait de ces critiques constantes mais ne pouvait s'empêcher de rechercher l'approbation de sa mère.

Patricia avait essayé d'appeler une bonne dizaine de fois et avait laissé cinq messages au ton de plus en plus agacé. Johanna n'avait aucune envie de lui parler, sachant d'avance que leur conversation lui pomperait le peu d'énergie qu'elle avait. Cependant, elle savait que si elle ne la rappelait pas, sa mère s'inquiéterait et n'hésiterait pas à appeler l'ambassade pour signaler sa disparition. Elle l'avait déjà fait une fois, lorsque Johanna avait oublié de lui dire qu'ils partaient en week-end prolongé en Écosse, et cette dernière ne souhaitait pas réitérer cette expérience gênante.

Johanna poussa un gros soupir, pris son courage à deux mains et décrocha le combiné.

— Allo ?

— Maman, c'est moi.

— Johanna, mais tu étais où ? J'ai essayé d'appeler je ne sais combien de fois aujourd'hui ! Tu ne t'imagines pas comme je me suis fait du souci.

— Si, si, Maman, j'imagine très bien ! lui rétorqua Johanna.

— Oh, arrête de te moquer de moi ! Tu sais bien que les émotions fortes ne sont pas bonnes pour mon cœur. Il est très fragile en ce moment.

Patricia n'avait aucun problème réel de santé mais avait tendance à être hypocondriaque et annonçait régulièrement à ses enfants qu'elle était certaine d'avoir une maladie grave. Johanna préféra donc changer de sujet avant que sa mère n'embraye sur son dernier rendez-vous chez tel ou tel spécialiste.

— Désolée, j'ai passé une mauvaise nuit et j'avais besoin de dormir un peu aujourd'hui. Alors raconte-moi comment s'est passée ta journée avec Monique ? C'était bien cette semaine que vous deviez aller faire votre sortie dans le Beaujolais ?

— Oh oui, c'était super !

Patricia se lança dans un compte-rendu détaillé de ses visites avec son amie, que Johanna se contenta d'écouter d'une oreille. Après plusieurs minutes de monologue, sa mère réussit cependant à faire bifurquer la conversation sur son obsession du moment.

— Assez parlé de moi. Est-ce que tu as réfléchi à ma proposition ?

— Maman, s'il te plaît, on a déjà discuté de ça. Je n'ai aucune intention de revenir m'installer en

France ! Ma vie est ici. J'ai ma maison, mon travail, mes amis. Et tous mes souvenirs…

— Mais justement, tu ne peux pas rester dans ce cadre qui te rappelle Augustin tous les jours, c'est trop douloureux. Je sais de quoi je parle, je ne voudrais pas que tu fasses la même erreur que moi après le décès de ton père et que tu t'enfermes dans ton passé.

— Et si je retourne vivre chez toi, tu ne crois pas que cela va m'enfermer dans le passé ! s'énerva Johanna.

— Mais ce serait temporaire. Le temps pour toi de trouver un nouveau chez toi ! Et au moins, je serai là pour t'aider ! plaida Patricia.

— Maman, je sais que tu veux m'aider, mais je t'assure que ce n'est pas ce dont j'ai besoin pour le moment. Et puis, je ne peux pas abandonner Lisa et le restaurant.

— Ah, cette fille vulgaire ! répliqua Patricia, ne camouflant pas son mépris. Franchement, je n'ai jamais compris comment tu pouvais être amie avec une dévergondée pareille ! Tu pourrais très bien revendre tes parts et ouvrir un restaurant ici !

— Bon, écoute Maman, on a déjà eu cette conversation plusieurs fois ces dernières semaines et je suis fatiguée. Je t'aime très fort, mais je ne changerai pas d'avis. Je vais te laisser car j'ai promis à l'équipe de passer leur dire bonjour aujourd'hui. Gros bisous, on se rappelle bientôt.

— Ne le prends pas comme ça, Johanna ! Tu es trop susceptible décidément…

— Au revoir maman !

Johanna raccrocha rageusement le téléphone, sans laisser le temps à sa mère de repartir dans sa diatribe.

Elle était furieuse contre sa mère qui profitait de sa faiblesse actuelle pour essayer de la reprendre sous sa coupe, comme lorsqu'elle était une adolescente en manque de confiance en elle et influençable. *Si elle voulait vraiment m'aider, elle pourrait s'intéresser vraiment à moi et prendre le temps de m'écouter*, pensa-t-elle amèrement.

Elle se sentait tellement seule. Elle avait menti lorsqu'elle avait dit qu'elle avait promis de passer dire bonjour à ses collègues. Depuis l'accident, elle n'avait pas remis les pieds au restaurant et n'avait revu Jane, Paul et les autres qu'à la petite cérémonie de commémoration qui avait été organisée par leurs amis proches à l'église du village deux semaines après le drame.

Mais cet après-midi, sa solitude lui pesait tellement que, pour la première fois depuis un mois, elle eut envie d'être entourée de la famille qu'elle s'était choisie et auprès de laquelle elle était sûre de trouver un réel réconfort.

8

Johanna était garée depuis plusieurs minutes sur le parking mais n'osait pas sortir de sa voiture.

Venir ici lui avait semblé être une excellente chose pour échapper à ses idées noires. Mais maintenant qu'elle se retrouvait dans ce décor familier, elle se sentait intimidée. Elle appréhendait de croiser leurs regards remplis de compassion et de ne pas pouvoir retenir ses larmes.

— Allez Jo ! Courage ! se morigéna-t-elle.

Elle compta mentalement jusqu'à trois, ouvrit sa portière et se dirigea lentement vers le pub.

A son entrée, elle fut accueillie par un brouhaha assourdissant. Un groupe avait privatisé l'endroit pour fêter les soixante ans de l'un d'eux, si elle en croyait les chiffres imprimés sur les ballons multicolores accrochés un peu partout dans la salle.

Johanna était un peu sonnée par tout ce bruit. Personne n'avait remarqué sa présence et elle se sentait comme un fantôme qui serait revenu incognito dans le monde des vivants.

Une jeune serveuse, l'apercevant enfin, s'approcha d'elle :

— Désolée, Madame, nous sommes fermés aujourd'hui. Nous avons un groupe mais nous rouvrons mardi comme d'habitude.

Johanna était confuse. Elle avait décidément mal choisi son moment. Non seulement, le restaurant était plein, mais en plus son équipe avait fait appel à une extra qu'elle ne connaissait pas. C'était raté pour les retrouvailles avec sa deuxième famille.

— Oh oui, bien sûr, excusez-moi, bégaya Johanna en se retournant pour sortir.

Elle s'était trompée, elle n'était pas prête à affronter le monde extérieur ; elle n'avait qu'une seule envie, rentrer rapidement chez elle et se précipiter sous sa couette.

— Jo ? Jo ! C'est toi ? cria une voix dans son dos, interrompant net son mouvement mais également les conversations dans la salle.

Jane s'approcha d'elle telle une tornade, bousculant au passage des clients et la serveuse interloqués.

— Oh, Jo, je savais bien que je t'avais reconnue ! Comme je suis contente de te voir ! Viens vite avec moi dans la cuisine, ils vont tous avoir une sacrée surprise en te voyant !

Jane enlaça Johanna et l'entraîna énergiquement, tout en lançant à leurs spectateurs immobiles :

— Désolée pour le dérangement, messieurs-dames ! Reprenez la fête ! Et toi, Daisy, continue à servir les assiettes s'il te plaît ma grande !

Johanna, gênée de se retrouver au centre de l'attention, traversa la salle les joues en feu et le visage baissé.

— Regardez qui je vous amène ! annonça joyeusement Jane en arrivant dans la cuisine. Cinq regards se tournèrent vers elles et avant que Johanna n'ait eu le temps de réaliser ce qui lui arrivait, elle se retrouva entourée de Paul, Lisa et Millie, débordants de joie.

Louisa et Matthew, l'aide cuisinier, étaient restés en retrait mais souriaient en observant la scène. Eux aussi appréciaient leur patronne et, s'ils ne pouvaient se permettre d'être aussi familiers avec elle, ils étaient tout aussi contents que les autres de la revoir.

— Chef, content de vous voir, comment allez-vous ? Vous avez faim, il reste du curry de ce midi ou sinon, il y a les sandwichs et les scones de l'afternoon tea que nous sommes en train de servir. Vous voulez boire quelque chose ? débita Paul de sa voix de stentor.

— Respire Paulo ! se moqua Lisa. Et laisse à Jo le temps d'arriver !

Elle savait les sentiments qu'éprouvait le cuisinier pour Johanna. Ce grand gaillard, célibataire d'une petite quarantaine d'années au physique de gentil nounours, devenait toujours fébrile en sa présence. Et bien que son amie n'ait jamais semblé le remarquer, Lisa n'était quant à elle pas dupe. Elle savait reconnaître un homme amoureux et était désolée pour lui que cet amour soit dirigé vers une personne inaccessible.

Jane tenta de reprendre le contrôle du groupe :

— Bon, poussez-vous tous ! On se croirait dans une boîte de thons !

Johanna fut prise d'un fou rire incontrôlable, qui se propagea rapidement à ses acolytes.

— Oh Jane, tu le fais exprès !

— Quoi ? Mais qu'est-ce que j'ai dit comme bêtise encore ? interrogea Jane, légèrement vexée.

— Oh, désolée ma Jane, j'ai du mal à contrôler mes émotions en ce moment. Ce n'était pas si drôle que ça ! C'est juste qu'il me semble qu'aussi bien en anglais qu'en français, on se compare plutôt à des sardines serrées dans leur boîte qu'à des thons !

— Ah d'accord... en même temps, ça reste du poisson en conserve ! rétorqua Jane en haussant les épaules, ce qui déclencha une nouvelle vague de rires.

Une fois que l'agitation provoquée par son arrivée se fut calmée, Johanna se fit toute petite dans un coin de la cuisine et se laissa bercer par les allées et venues des uns et des autres. Elle se sentait dans son élément. Elle ne regrettait plus d'être venue. Comment sa mère pouvait-elle s'imaginer un seul instant qu'elle pourrait les quitter ? Ce serait comme un second deuil.

Ses réflexions furent interrompues par Lisa qui se glissa sur le banc auprès d'elle.

— Ça me fait plaisir de te voir là ! Et tu as une mine reposée. Tu dormais comme un bébé quand je suis passée ce matin. Je crois même que tu ronflais ! la taquina-t-elle.

— C'est vrai ? répondit Johanna, honteuse.

— Mais non, je plaisante, la rassura son amie. Les princesses comme toi ne ronflent jamais, c'est bien connu.

— Arrête de te moquer de moi ! Ceci dit, c'est vrai que j'ai bien dormi et que j'ai l'impression d'avoir un peu plus les idées en place. Au fait, merci pour le pain au chocolat !

— De rien ma belle ! Bon, repris Lisa en baissant le ton, c'est pas tout ça, mais comment tu vas, sincèrement ? Tu t'es un peu remise du choc d'hier ?

— Je ne réalise toujours pas vraiment que tout ça m'arrive pour de vrai, souffla Johanna. J'ai l'impression de vivre un cauchemar éveillé, je n'ai pas fermé les yeux de la nuit tellement j'étais sur les nerfs. Mais j'ai fait une promenade ce matin qui m'a fait du bien et après mes quelques heures de sommeil, j'ai réfléchi à la suite à donner à tout ça. Je pense qu'en fait, cette valise, c'est un signe et que ce n'est pas un hasard si ces photos se sont retrouvées entre mes mains après la disparition d'Augustin. Je dois retrouver cette femme et cette enfant. C'est ce qu'il voudrait, j'en suis sûre.

— Oh là, Jo, t'es sûre que c'est une bonne idée ? Toi qui es si cartésienne d'habitude, tu m'étonnes vraiment avec cette histoire de signe. Personnellement, je ne pense pas que te lancer dans cette recherche va te permettre de sortir de cette période difficile.

Johanna l'interrompit brusquement :

— Au contraire ! Je ne pourrais jamais faire comme si je n'avais jamais vu ces photos. Et j'ai besoin de connaître la vérité. Quelle qu'elle soit ! J'ai besoin de savoir qui est cette femme, quelle place elle tenait dans le cœur d'Augustin, si cette enfant est la sienne, depuis combien de temps durait leur relation, si relation il y avait, s'il voulait me quitter… Je vais devenir folle si je laisse toutes ces questions sans réponse tourner dans ma tête. J'ai besoin de savoir !

Sa voix chevrotante trahissait son émotion.

— Chhh… là, là, calme-toi.

Lisa la prit dans ses bras.

— Je suis désolée, je ne voulais pas te juger. Tu sais que je veux le meilleur pour toi et que je souhaite juste que tu ailles mieux. Si tu penses que tu as besoin de savoir, eh bien, ok, vas-y, fonce ! J'espère juste que le résultat de cette quête ne sera pas trop douloureux.

— Tu crois vraiment que je peux aller plus mal ? Soit il me trompait, et dans ce cas-là, en avoir la confirmation ne pourra que m'aider à faire le deuil de l'homme que je croyais connaître. Soit il y a une autre explication - même si, franchement, je ne vois pas pourquoi il ne m'aurait jamais parlé de cette femme s'il n'avait rien à cacher - et la découvrir me permettra de ne pas remettre en cause injustement la totale confiance que je lui portais. Tu comprends ?

— Oui, je pense comprendre ton point de vue, la rassura Lisa. Mais concrètement, tu vas t'y prendre comment pour la retrouver ? Ce n'est pas comme si la Chine était à côté et que c'était un petit pays avec une centaine d'habitants !

— Bonne question. Pour l'instant, je n'en ai pas la moindre idée !

Lisa réfléchit quelques instants.

— Est-ce que tu crois qu'Augustin aurait pu parler de sa relation avec cette femme à quelqu'un ?

— Une autre bonne question dont je n'ai pas la réponse ! L'homme que je connaissais, ou plutôt croyais connaître, se corrigea Johanna en ravalant ses larmes, était plutôt du genre discret et réservé sur sa vie privée. Mais bon, je ne suis peut-être pas au bout de mes surprises…

— Tu ne m'avais pas dit qu'il était assez proche de l'une de ses sœurs ? Est-ce qu'elle pourrait être au courant de quelque chose ?

— Oui, tu as raison. Il a toujours eu une relation privilégiée avec sa petite sœur Hélène et ils s'appelaient régulièrement. Pour autant, je doute qu'il lui aurait avoué qu'il avait une maîtresse. Je te rappelle que ma belle-famille est hyper traditionnelle et je ne suis pas sûre que ma belle-sœur aurait approuvé sa liaison, surtout venant de son grand frère chéri ! En plus, c'est la seule qui m'apprécie dans cette famille de bourges coincés !

— Comme tu l'as dit toi même, il y a peut-être une autre explication. Moi je pense qu'appeler Hélène est une bonne manière de démarrer tes recherches. Tu verras bien ensuite dans quelle direction tu voudras poursuivre.

9

Depuis bientôt une heure, Johanna enchaînait les longueurs. Les premières minutes avaient été difficiles, son corps semblait avoir oublié les mouvements à effectuer et elle avait l'impression de faire du surplace. Mais peu à peu, elle avait trouvé son rythme, ses bras et ses jambes s'étaient accordés pour se mouvoir en harmonie et les bulles qui se formaient à chacune de ses expirations sous l'eau lui massaient agréablement le visage.

Avant l'accident, elle venait nager au club tous les lundis matin, jour de fermeture du restaurant. Elle avait découvert les plaisirs de la natation depuis quelques années seulement et appréciait la détente que ce sport d'endurance lui apportait. Après un mois de pause et une nouvelle nuit très agitée, elle avait soudain éprouvé le besoin de sentir l'eau envelopper son corps.

En retrouvant sa maison la veille au soir, elle n'avait pas eu le courage de décrocher son téléphone. Hélène serait sûrement entourée de sa famille et elle préférait l'appeler à un moment où elle était à peu près sûre que son beau-frère et ses deux petites nièces ne seraient pas à portée de voix.

Le doute et le désespoir avaient grandi en elle à mesure que la nuit chassait le jour et elle n'avait pu enlever de son esprit les visages d'Augustin et de la femme souriant en chœur devant l'objectif.

Johanna sortit de l'eau et profita quelques minutes de la chaleur du sauna avant de filer sous la douche. Elle s'était préparée mentalement à sa conversation avec sa belle-sœur pendant sa séance de natation et elle avait désormais hâte de rentrer chez elle.

Sa détermination ne faiblit pas durant ses quinze minutes de trajet et elle prit à peine le temps de se déchausser avant de s'emparer du combiné et de rechercher le numéro d'Hélène dans le répertoire.

— La Ronde des Chocolats, bonjour !

Le ton professionnel de son interlocutrice la déstabilisa quelques secondes et elle dut lutter contre l'envie de raccrocher.

— Hélène ? Bonjour, c'est Johanna, je ne te dérange pas ? réussit-elle finalement à articuler.

— Johanna ? Ça me fait plaisir de t'entendre !

La voix d'Hélène avait retrouvé le timbre chaleureux qu'elle lui connaissait.

— Je suis tellement désolée de ne pas t'avoir contactée ces dernières semaines. Pour être tout à fait honnête, j'avais peur de ne pas savoir quoi te dire…

— Je comprends, la rassura Johanna.

— Et puis, ajouta Hélène, j'avais peur aussi de ne pas réussir à retenir mes larmes… Hélène avait prononcé ces derniers mots avec des sanglots dans la voix et Johanna sentit également ses yeux se mouiller et ses lèvres trembler.

Quelques secondes passèrent durant lesquelles aucune d'elles ne put prononcer un mot.

— Je suis vraiment désolée, tu n'as pas besoin de ça, reprit enfin Hélène en hoquetant. Je sais que cela doit être bien plus dur pour toi. Mais il me manque tellement ! C'était mon grand frère adoré, celui que je pouvais appeler quand j'avais un coup de blues et le seul qui me comprenait dans notre famille tellement froide et avare de sentiments. Oh Jo, je suis désolée, je me plains alors que moi au moins, j'ai Antoine qui me soutient, et mes filles. Je pense tous les jours à toi, ça me fait tellement mal que cela vous soit arrivé à vous ! C'est tellement injuste !

Johanna savait qu'Hélène ne pensait pas à mal mais ses paroles maladroites la renvoyaient dans sa solitude - pauvre veuve sans enfant pour donner un sens à sa vie - et elle avait envie de lui hurler de se taire. Il fallait que cet appel se termine le plus rapidement possible et qu'elle reprenne rapidement le contrôle de la conversation, sous peine de perdre tous ses moyens avant d'avoir pu aborder le sujet qui la préoccupait.

— Hélène, tu n'as pas à te justifier. C'est une période difficile pour nous tous et j'avoue que je n'avais envie de parler à personne de toute façon. Augustin était un homme formidable et il me manque autant qu'il te manque.

Johanna marqua une pause, ravala ses larmes et se lança.

— Si je t'appelle aujourd'hui, c'est évidemment pour prendre de tes nouvelles, mais aussi car j'ai une question à te poser. Ce n'est pas un sujet facile à aborder et j'espère que cela ne va pas te mettre en colère.

— Mais qu'est-ce que tu racontes ? Comment pourrais-je me fâcher contre toi ? rétorqua Hélène, perplexe.

— Bon, laisse-moi t'expliquer. Il se trouve que je me suis retrouvée en possession de photos qui pourraient laisser penser qu'Augustin me… me…

Le cœur de Johanna s'emballa et elle fut prise de bouffées de chaleur.

— … enfin, ce que je veux dire, c'est que sur ces photos, il y a une femme et un enfant. Et je me demandais donc si…

— Ce que tu essayes de me dire, c'est que tu penses qu'Augustin te trompait et que peut-être j'aurais été dans la confidence ? la coupa Hélène d'une voix incrédule.

Johanna s'était rarement sentie aussi mal de sa vie, mais elle était soulagée par la réaction de sa belle-sœur, qui avait l'air sincèrement surprise et n'aurait certainement pas pu jouer la comédie aussi bien si elle avait été au courant de quelque chose.

— Écoute Johanna, je ne sais absolument pas de quoi tu parles ! enchaîna Hélène. Mon frère n'était pas du genre à tromper sa femme, et encore moins à s'en vanter ! Il t'aimait et te respectait trop pour ça ! Et d'abord, c'est quoi ces photos dont tu me parles ? D'où viennent-elles ?

Johanna, en larmes, s'était recroquevillée sur son canapé. Elle avait tellement envie de croire ces paroles. *Mais alors, qui était cette femme ?*

Elle attrapa un mouchoir, se moucha avant de répondre.

— Hmm, je les ai trouvées dans la valise d'Augustin qui m'a été rapportée avant-hier. Apparemment, du fait d'une erreur d'aiguillage, elle n'était pas dans l'avion au moment de l'accident. Moi aussi, j'ai du mal à y croire, mais je t'assure Hélène, que ces photos sont très troublantes. Tu es sûre qu'il n'a jamais fait la moindre allusion à une autre femme qu'il aurait rencontrée en Chine ? Ou à un enfant ?

— C'est complètement fou ce que tu me racontes. J'ai l'impression que tout ça n'est pas réel, que je suis en plein rêve, ou plutôt cauchemar, murmura Hélène.

— Cela fait plus d'un mois que je supplie le ciel pour que tout cela ne soit que le fruit de mon imagination, rétorqua Johanna. Mais malheureusement, tout cela est bien réel !

— Jo, je suis tellement…

— Oui, je sais tu es désolée, l'interrompit Johanna un peu sèchement, mais ce que j'ai besoin de savoir, c'est si tu avais observé un changement chez Augustin ces derniers temps ? Ou s'il aurait laissé échapper une phrase qui aurait pu te mettre la puce à l'oreille ?

Hélène s'accorda un temps de réflexion.

— Non, franchement, je ne vois pas. Je te promets de te dire si je repense à quelque chose, mais tu sais comme moi qu'Augustin n'était pas très bavard dès qu'il s'agissait de parler de sujets intimes.

— Oui, je sais. C'est d'ailleurs pour cela que je pense que s'il avait ressenti le besoin de se confier, cela aurait été auprès de toi, car tu étais la personne, à part moi évidemment, dont il se sentait le plus proche.

— Excuse-moi, mais je ne suis pas d'accord avec toi. Je pense justement que, vu sa réserve naturelle, s'il avait éprouvé subitement le besoin de s'épancher sur ses petits secrets, il aurait plutôt choisi une personne qui ne le connaissait pas ou très peu, et en tout cas, une personne qui ne te connaissait pas toi ! Tu sais à quel point l'apparence comptait pour lui et il n'aurait certainement pas aimé que son image de mari parfait et comblé soit écornée auprès de ses proches.

Johanna, songeuse, resta silencieuse. Hélène l'avait toujours impressionnée par ses facultés d'analyse et ses dons pour cerner la personnalité des gens.

— Tu as sans doute raison, répondit-elle finalement. Mais si c'est le cas, alors autant dire que j'ai peu d'espoir de trouver des informations sur cette femme et cette enfant…

— Ne baisse pas les bras trop vite ! D'abord, encore une fois, je ne crois pas mon frère capable de tromperie. Il doit y avoir une explication à ces photos et je suis sûre que quelqu'un pourra te la donner un jour ou l'autre, l'encouragea Hélène. Je te promets de réfléchir aux dernières conversations que j'ai eu avec lui. Et de ton côté, essaye de contacter ses amis, ses collègues ou même sa secrétaire !

— Merci Hélène, tu as toujours le don de clarifier la situation ! J'ai l'impression que c'est toi l'aînée pleine de sagesse lorsque je parle avec toi !

Johanna était émue par la bienveillance de sa belle-sœur et se dit qu'elle avait bien fait de l'appeler, même si elle n'avait pas avancé dans ses recherches.

— Bon, assez parlé de tout ça, dis-moi comment vont mes nièces préférées ? reprit Johanna. Et ton business de chocolat, ça marche toujours aussi bien ?

Hélène, après avoir consacré les quatre dernières années de sa vie exclusivement à ses deux filles, s'était lancée depuis quelques mois dans la vente de chocolats de luxe avec une amie chocolatière de formation.

— Les filles sont en pleine forme, merci ! Lucie est ravie de ses premières semaines en moyenne section et Chloé mène toujours son monde à la baguette à la crèche. Quelle chipie celle-là ! Tu ne sais pas son dernier exploit ? Elle a réussi à piquer un feutre rouge à sa sœur et a redécoré notre canapé ! s'exclama Hélène. Heureusement que c'était de l'encre lavable à l'eau ! Mais j'ai quand même bien galéré pour tout enlever. Je ne te raconte pas la tête d'Antoine en découvrant son œuvre !

— La pauvre, c'est une artiste incomprise, rigola Johanna.

— Tu parles, moi je dirais plutôt que c'est une petite diva aux exigences incessantes, soupira Hélène. Elle est épuisante ! J'avoue que je suis bien contente de ne plus avoir à la surveiller vingt-quatre heures sur vingt-quatre. Merci la crèche ! Et ma petite entreprise ! Figure-toi que notre carnet de commandes est plein ! Les clients s'arrachent nos chocolats personnalisés et on travaille déjà sur ceux de Noël. Il faut absolument que je t'envoie un ballotin, tu vas voir, ils sont vraiment délicieux. Et je ne dis pas ça parce que c'est ma copine qui les fait, ce sont objectivement les meilleurs chocolats sur le marché, conclut-elle fièrement.

— Eh bien, quelle bonne commerciale tu fais ! J'ai hâte de les goûter, j'en ai l'eau à la bouche et je suis très contente pour toi que cela marche aussi bien, la complimenta Johanna.

— Merci ! Bon, Jo, je suis désolée - encore ce mot, je sais - mais il va falloir d'ailleurs que je te laisse, j'ai du boulot par-dessus la tête. Merci d'avoir appelé, j'étais contente de te parler. Courage, on pense bien à toi. Et promis, je te rappelle très vite ! Je te tiens également au courant si je pense à quelque chose.

— Merci Hélène. J'avoue que j'appréhendais cette conversation, mais cela m'a fait du bien de te parler, répondit Johanna. Fais de gros bisous à Lucie et Chloé pour moi et passe le bonjour à Antoine.

— Je n'y manquerai pas. Prends soin de toi ! Je t'embrasse très fort.

— Moi aussi ! A bientôt Hélène !

10

Depuis la disparition d'Augustin, les rares moments où elle parvenait à oublier, ne serait-ce que quelques secondes, sa situation et à rire ou à même simplement sourire, comme à l'instant avec Hélène ou la veille avec ses collègues au restaurant, étaient doux-amers. Sur l'instant, ils lui procuraient du plaisir, mais la peine et la culpabilité la frappaient avec encore plus d'intensité ensuite. Comment pouvait-elle être joyeuse alors qu'elle venait juste de perdre son mari ?

Une vague de tristesse la submergea et elle se laissa aller à un auto-apitoiement qu'elle pratiquait quotidiennement ces derniers temps. *La vie était décidément bien cruelle*, pensa-t-elle. *Je croyais avoir enfin trouvé un équilibre, après avoir eu mon lot d'épreuves, et elle m'a frappée sans préavis, me trouvant désarmée et me laissant anéantie.*

Johanna sursauta en entendant son portable sonner pour signaler l'arrivée d'un message. Pendant une fraction de secondes, elle eût l'espoir fou que cela soit Augustin. C'était complètement irrationnel, mais elle ne pouvait s'empêcher d'avoir la même réaction à chaque fois. Avant le drame, il ne se passait pas une journée sans qu'ils ne s'échangent au minimum une dizaine de textos et c'était peut-être une des choses qui lui manquait le plus. Elle était habituée à être seule chez elle et appréciait généralement cette solitude, mais elle adorait ponctuer celle-ci d'échanges courts et chargés en smileys avec son mari.

« Alors, Madame la détective en herbe, vous avancez dans votre enquête ? Pas vu ta voiture ce matin, tu es retournée à la piscine ? Super si c'est le cas ! Pas sûre que je puisse passer te voir. Promis d'aider mes parents à débarrasser leur garage aujourd'hui et réunion parents-profs pour Léo ce soir. Fais-moi signe en cas d'urgence. Gros bisous, Lisa »

Sa première impulsion fut de répondre : *« Au fond du gouffre. Envie de mourir. »*, mais elle se reprit, consciente que cela serait du chantage affectif et que cela ne ferait qu'affoler son amie qui laisserait tout en plan pour accourir à ses côtés. Même si elle avait pensé plus d'une fois à mettre fin à ses jours, elle savait au fond d'elle-même que jamais elle ne franchirait le pas, l'idée de la mort la terrifiant.

Elle envoya donc un bref message : *« Piscine très agréable, enquête en cours, gros bisous, Jo. »*

Elle reposa son téléphone et s'allongea sur son canapé, faisant mentalement la liste des options qui se présentaient à elle pour poursuivre ses recherches.

Si elle appliquait la logique d'Hélène, il ne fallait pas qu'elle se concentre en priorité sur leur premier cercle de connaissances, mais au contraire qu'elle s'intéresse à des personnes plus éloignées. Elle pouvait appeler les amis personnels d'Augustin. Il n'en avait pas beaucoup mais était fidèle en amitié et avait conservé des liens avec Bertrand et Thomas, deux de ses copains de lycée. Johanna ne les connaissait pas très bien, ceux-ci ne faisant pas partie de la bande qu'ils fréquentaient en tant que couple.

Elle se sentait intimidée à l'idée de les contacter mais elle se disait qu'Augustin avait peut-être profité du week-end de ski entre hommes qu'ils avaient organisé l'hiver précédent pour évoquer sa relation avec la femme mystère.

Hélène, en mentionnant les collègues d'Augustin, lui avait également donné l'idée d'essayer de contacter celui qui l'accompagnait régulièrement lors de ses déplacements en Chine. Elle n'était plus sûre de son nom – Alan ? Robert ? - mais la secrétaire d'Augustin pourrait très certainement la renseigner. Tout comme elle pourrait éventuellement la mettre en contact avec des membres de l'équipe basée en Chine.

Melanie, la secrétaire d'Augustin, était le prototype de la secrétaire idéale : efficace, discrète, dévouée. Johanna avait un temps ressenti une pointe de jalousie en entendant Augustin vanter les mérites de son assistante si parfaite. Jusqu'à ce qu'elle la rencontre lors d'une soirée de Noël organisée par leur entreprise et qu'elle s'aperçoive qu'Augustin avait omis de lui préciser qu'elle était également la caricature de l'Anglaise n'ayant pas négocié le virage de la cinquantaine avec autant de brio que sa carrière. Alors qu'elle s'était représentée Melanie comme une bombe sexuelle - bon, d'accord, elle avait sûrement abusé des comédies romantiques - elle découvrit une femme avec un fort embonpoint engoncée dans une robe parsemée d'énormes coquelicots, d'une, voire de deux tailles trop petite, dévoilant un peu trop son anatomie et parlant avec un accent populaire très prononcé.

Si cette rencontre l'avait rassurée sur la dangerosité de Melanie pour son couple, elle lui avait également permis de comprendre pourquoi Augustin appréciait tant de travailler avec cette femme drôle et pleine de vie.

Elle décida de commencer sa série de coups de fil par cette dernière. Cela lui paraissait plus facile de lui exposer la situation qu'à Bertrand et Thomas, avec lesquels elle n'avait jamais été totalement à l'aise. Malgré les années qui passaient, le sentiment de ne pas appartenir au même milieu qu'eux était toujours présent. Sentiment identique à celui qu'elle ressentait à chaque réunion avec sa belle-famille. Mouton noir au milieu du troupeau, que l'on tolérait en observant ses faux-pas avec un petit sourire dédaigneux et en se jetant un regard entendu. Il lui semblait les entendre dire dès qu'elle avait le dos tourné : *« Cette brave Johanna, elle est bien gentille mais vraiment, elle n'est pas à notre niveau. »* Augustin avait beau lui assurer qu'elle se faisait des idées, elle savait qu'elle ne se trompait pas et que son mari faisait preuve de naïveté et d'aveuglement, volontaire ou non, en ce qui concernait les véritables sentiments de sa famille à son égard.

Elle était en train de chercher le numéro de Melanie, lorsque la sonnerie du téléphone fixe rompit le silence. Johanna jeta un œil sur l'écran du combiné, sur lequel elle lut *« Julie Portable »*.

Merde ! pensa-t-elle.

Elle adorait sa sœur, mais elle ne connaissait pas plus bavarde qu'elle. Elle savait que si elle décrochait, elle en aurait au moins pour une heure. Et là, tout de suite, rien ne lui faisait moins envie qu'une séance de papotage sans fin avec sa frangine. D'ailleurs depuis l'accident, elle avait fait l'ermite et n'avait répondu à quasiment aucun appel, laissant ses interlocuteurs saturer son répondeur. Elle avait également laissé s'accumuler le courrier dans l'entrée, à tel point que Lisa s'était sentie obligée de jouer les secrétaires quelques jours auparavant, s'inquiétant que des lettres importantes soient restées sans réponse.

Elle se promit de rappeler Julie plus tard dans la semaine et attendit quelques minutes une fois le calme revenu, pour rassembler ses idées avant de composer le numéro de Melanie.

— Delta-Architecture, Melanie White à l'appareil, bonjour, en quoi puis-je vous aider ?

Toujours cet accent qu'elle n'arrivait pas à camoufler totalement malgré ses efforts pour prendre une voix plus chic. Augustin la taquinait souvent à ce propos, mais elle ne se gênait pas pour se moquer gentiment de son fort accent français en retour.

— Melanie bonjour. Ici Johanna Laroche, la femme d'Augustin. *Enfin, sa veuve*, se corrigea-t-elle intérieurement, même si elle ne pouvait se résoudre à prononcer ce mot à haute voix.

— Johanna, quelle agréable surprise !

— J'espère que je ne vous dérange pas.

— Mais pas du tout ! Comment allez-vous ? Je pense tellement à vous, mon pauvre petit. Ah, quelle injustice ! Augustin était un homme tellement charmant, une des personnes les plus agréables pour lesquelles j'ai jamais travaillé. Je peux vous dire que ce n'est plus pareil ici sans notre petit Frenchy

Johanna pouvait déceler une profonde émotion filtrer dans sa voix.

— Merci Melanie. Cela me fait toujours plaisir d'entendre qu'Augustin était apprécié par ses collègues. Vous avez raison, c'était un homme bien et il me manque terriblement à moi aussi, répondit-elle, touchée.

— Bon, j'imagine que vous ne m'appelez pas pour parler de la pluie et du beau temps, même s'il y aurait beaucoup à dire sur le sujet dans ce pays. Dites-moi en quoi je peux vous être utile ? Est-ce qu'il manque quelque chose parmi les affaires que je vous ai apportées ? s'inquiéta Melanie.

Cette dernière avait en effet remis en mains propres les effets personnels d'Augustin à Johanna lors de la cérémonie organisée en sa mémoire par leurs amis.

— Non, non, j'ai bien tout récupéré, merci beaucoup Melanie. C'est pour un tout autre sujet que je me permets de vous contacter aujourd'hui.

Johanna déglutit avant de reprendre courageusement.

— Voilà, j'aurais besoin que vous me communiquiez le nom et les coordonnées du collègue qui accompagnait parfois Augustin en Chine. J'ai un doute sur son prénom. Alan ? Rob ?

— Je pense que vous voulez parler d'Alex Blackbird. Pas de souci, je vais vous transmettre ses coordonnées.

— Super, merci ! Pourriez-vous également me donner celles des personnes basées en Chine qui travaillaient avec Augustin ? Je ne sais pas s'il avait une assistante là-bas ou un collaborateur direct…

— Oui, je peux chercher ça pour vous. À quelle adresse e-mail voulez-vous que je vous envoie tout ça ?

— jo.laroche@gmail.com

— C'est noté, je vous fais ça dans l'après-midi. Vous aviez besoin d'autre chose ?

— Euh non, merci, c'est tout. Merci encore pour votre aide Melanie, je sais qu'Augustin appréciait de travailler avec vous.

— Mais c'était réciproque ma jolie. N'hésitez pas à me recontacter si vous avez besoin de quoi que ce soit. Je serais heureuse de vous aider et d'avoir de vos nouvelles.

— Je n'y manquerai pas. Merci Mel, à bientôt.

— A bientôt Johanna.

Eh bien ! Quelle efficacité ! Elle n'aurait pas pensé que cela se passerait si facilement et que Melanie ne lui poserait pas plus de questions sur les raisons de sa demande.

L'attente du message lui parut en revanche interminable. Elle déambula dans la maison, essayant d'occuper le temps en arrosant les plantes qu'elle avait négligées ces derniers temps, en grignotant un reste de gâteaux apéritifs trouvé au fond d'un placard, en essayant sans succès de ranger quelques papiers qui traînaient et en tentant de s'intéresser à un documentaire sur l'Inde. Elle consultait sans cesse sa messagerie et commençait à bouillir d'impatience quand enfin elle reçut l’e-mail de Melanie.

11

Comme promis, Melanie lui avait transmis les coordonnées complètes d'Alex Blackbird, ainsi que celles de Yichen Zhang et de Tom Huang, respectivement assistante de direction et chef d'équipe en Chine.

N'ayant jamais rencontré cet Alex, et éprouvant toujours une certaine appréhension avant de contacter des inconnus par téléphone, Johanna préféra établir un premier contact par e-mail. Il lui arrivait de repousser pendant des jours, voire des semaines, des appels pourtant importants, particulièrement lorsqu'il s'agissait de contacter des administrations. Même si la plupart du temps, son interlocuteur se révélait tout à fait cordial et qu'elle se promettait sans trop y croire, de ne pas stresser inutilement la prochaine fois, les années passaient sans qu’elle parvienne à surmonter ce qu’elle considérait comme un réel handicap.

Elle décida également d'attendre d'avoir un retour de sa part avant de contacter les collègues basés en Chine. Il aurait été plus efficace d'élargir dès à présent le champ de ses recherches, mais l'angoisse et la gêne de parler de sa vie privée avec des étrangers l'emportaient pour le moment sur son envie de réponse.

Une fois son message envoyé, elle sentit la fatigue s'abattre subitement sur elle. Il était à peine dix-huit heures mais elle se dit que vu l'état de ses nuits, elle avait tout intérêt à écouter son corps et à aller se coucher.

*

Johanna se réveilla en sursaut à une heure du matin, sa chemise de nuit trempée de sueur collée contre son corps et son cœur battant la chamade. Depuis l'accident, un cauchemar récurrent s'immisçait dans son sommeil, la laissant pantelante et désorientée. Le scénario était à chaque fois identique : Augustin et elle étaient installés dans un avion, regardant tranquillement un film, lorsque soudain les turbulences se faisaient plus fortes. En l'espace de quelques minutes, plateaux-repas et effets personnels volaient de toute part dans la cabine, les passagers hurlaient et Augustin n'avait que le temps de lui saisir la main avant que tout ne devienne noir et qu'elle soit tirée brusquement de son sommeil, un cri bloqué dans la gorge et des débris d'avion plein la tête.

Johanna alluma sa lampe de chevet et se dirigea d'un pas chancelant vers la salle de bain pour se rafraîchir. Elle se demandait pourquoi son esprit fabriquait de telles images, alors qu'elle avait volontairement évité de regarder les actualités depuis l'accident. Elle savait que ses beaux-parents suivaient l'enquête en cours de près et se rendaient à toutes les conférences et autres réunions de familles des victimes. Mais elle avait décliné toutes les invitations et avait préféré se réfugier dans la solitude. Elle se disait inconsciemment que tant qu'elle ne voyait pas de photos de l'avion en miettes, tout cela restait de l'ordre de l'irréel et qu'elle pouvait encore espérer un miracle.

En revenant dans sa chambre, elle attrapa une nouvelle chemise de nuit dans la commode et en profita pour jeter un œil à son portable. Elle avait reçu une réponse d'Alex Blackbird.

« Bonjour Johanna,

J'ai bien reçu votre message. Je suis actuellement sur Shanghai mais je pourrais vous rencontrer à mon retour jeudi. Si vous êtes disponible, nous pouvons nous retrouver au café Costa, situé sur la route de l'aéroport à Browley. Si mon avion n'a pas de retard, je pourrais y être pour 9h00.

Cordialement,

Alex »

Elle relut plusieurs fois ce message court et efficace, se demandant ce que cachait cette proposition de la voir en personne, plutôt que de la joindre par téléphone comme elle le lui avait suggéré. Devait-elle interpréter son absence apparente de surprise d'être contacté par la femme d'un collègue décédé, comme un aveu ? Se doutait-il du sujet qu'elle voulait aborder ? Savait-il quelque chose ? Ou se faisait-elle des idées ? Peut-être était-ce tout simplement quelqu'un qui préférait les échanges en direct et qui souhaitait lui témoigner sa sympathie ?

— Pff… Et dire qu'il va falloir que je patiente jusqu'à jeudi pour en savoir plus, soupira-t-elle, en tapant sur son clavier une réponse brève pour remercier Alex et lui confirmer qu'elle l'attendrait au lieu de rendez-vous convenu.

De nombreuses questions sans réponse tournoyaient encore dans son cerveau embrumé par la fatigue, lorsqu'elle retourna se coucher. Pelotonnée sous la couette, elle attendit en vain que la tension dans son corps se relâche et compta les heures jusqu'au petit matin.

12

Johanna était aussi tendue qu'avant un entretien d'embauche. Elle était arrivée avec plus de trente minutes d'avance et avait déjà eu le temps d'avaler deux expressos en ne quittant pas des yeux la porte d'entrée du Costa Café.

Les deux derniers jours lui avaient paru durer des années. Ne supportant plus de rester enfermée chez elle, elle était retournée au restaurant pour quelques heures et avait apprécié d'y retrouver une ambiance chaleureuse. Elle n'avait pas été d'une grande aide pour ses collègues, car elle avait du mal à rester concentrée et faisait des erreurs de débutante en prenant les commandes, mais ils étaient tellement heureux de la voir parmi eux, qu'ils lui pardonnaient tout.

Elle avait finalement trouvé le courage de contacter Bertrand et Thomas, les amis d'Augustin, mais ils lui avaient assuré n'être au courant de rien et elle attendait beaucoup de sa rencontre avec Alex.

Elle n'était pas sûre de le reconnaître malgré la brève description qu'il lui avait faite de lui-même en réponse à son message de confirmation, mais n'eut plus aucun doute en voyant entrer quelques minutes après neuf heures, un petit homme rondouillard d'une cinquantaine d'année, au visage sympathique sur lequel se lisait la fatigue du décalage horaire.

Il balaya la salle du regard et elle attira son attention d'un petit signe de la main. Il s'approcha d'un pas vif de la petite table un peu à l'écart des autres clients à laquelle elle s'était installée.

— Bonjour Johanna. Je vous en prie, restez assise, lui dit-il en se penchant pour lui serrer la main avant de prendre place en face d'elle. Enchanté de vous rencontrer, même si j'aurais préféré que cela soit dans d'autres circonstances.

— Bonjour Alex. Merci d'avoir pris le temps de vous arrêter ici après votre long voyage. J'espère que vous avez réussi à vous reposer un peu.

— On va dire que la nuit a été courte, mais j'ai l'habitude. Et je ne vais pas me plaindre, les sièges de la classe affaire sont plutôt confortables, répondit Alex avec un petit sourire.

— Johanna, reprit-il après quelques secondes de silence, je voulais vous dire à quel point j'ai été touché par la disparition d'Augustin. Je ne vais pas vous cacher que nous n'avions pas toujours le même point de vue sur les décisions à prendre et que nos discussions professionnelles ont parfois été houleuses. Mais cela n'a jamais remis en cause l'admiration que je lui portais. C'était un homme compétent et juste, qui soutenait ses équipes et avec lequel il était agréable de travailler. L'annonce de l'accident a été un choc, d'autant que j'aurais dû prendre l'avion avec lui ce jour-là et que j'ai annulé mon voyage à la dernière minute, soupira-t-il. Dire qu'un lumbago m'a sauvé la vie. Depuis, je n'arrête pas de me demander pourquoi la vie m'a épargné, moi, et pas lui…

Alex frotta son visage dans ses mains, comme s'il cherchait à effacer un mauvais rêve. Johanna l'observait, muette, résistant à l'envie de pleurer devant la sincérité qui se dégageait de cet homme.

Elle inspira un bon coup et se lança.

— Alex, je ne vais pas vous ennuyer trop longtemps, mais j'ai besoin de vous demander quelque chose. Ma question va être un peu directe et j'espère que vous me répondrez sincèrement.

Il l'interrompit d'un geste de la main.

— Johanna, vous ne m'ennuyez absolument pas. Vous traversez une épreuve terrible et je serai ravi de vous aider si je le peux.

— Merci… Alors voilà… J'ai besoin de savoir… Est-ce que vous étiez au courant qu'Augustin entretenait une liaison en Chine ? murmura Johanna, front baissé, d'une voix tremblante.

Lorsqu'elle osa enfin relever la tête, elle frissonna sous l'intensité de son regard.

Il sait quelque chose ! Cette pensée fulgurante la frappa avec une telle force, qu'elle sentit son cœur s'affoler et son rythme cardiaque s'accélérer comme si elle venait de courir un marathon.

Alex prit son temps avant de répondre.

— Johanna, je ne suis pas du genre à colporter les rumeurs et sachez qu'en temps normal, je ne me serais jamais permis de m'immiscer dans la vie privée de l'un de mes collègues, commença-t-il en pesant ses mots. Je vais vous dire ce que je sais, car si vous m'interrogez, c'est que d'une manière ou une autre, certains bruits de couloir sont parvenus jusqu'à vous.

Alex se tut brusquement.

— Vous permettez que j'aille me chercher un café avant de poursuivre ? J'ai toujours soif après être resté confiné dans la cabine à air pressurisé pendant plusieurs heures.

— Euh, oui bien sûr, répliqua Johanna, surprise et frustrée par cette diversion.

— Désolé, je ne serai pas long. Je peux vous offrir quelque chose ?

— Non merci.

Alex se dirigea rapidement vers le comptoir. Durant les quelques minutes que dura son absence, Johanna sentit l'impatience et l'appréhension monter en elle. Elle avait tout à la fois envie d'entendre et redoutait ses révélations. Elle s'efforça de respirer profondément pour se détendre.

— Encore désolé de vous avoir fait attendre, s'excusa Alex en revenant avec sa tasse et un grand verre d'eau. Il avala une gorgée de chaque avant de se lancer. Il était aussi tendu qu'elle et ne savait pas vraiment par où commencer.

— Cela fait maintenant deux ans que je travaille régulièrement avec la Chine et que je voyage, ou voyageait, avec Augustin. Nous logions dans le même hôtel. Mais nous passions en réalité peu de temps ensemble. Hormis nos rencontres lors de nos réunions communes, nous nous voyions peu et aimions avoir chacun notre indépendance. Si nous partions souvent ensemble le matin après le petit-déjeuner, il était rare que nous quittions le bureau tous les deux à la même heure et que je le croise dans la soirée.

Par pitié, qu'il en vienne au fait ! supplia silencieusement Johanna.

— Je ne peux donc pas vous dire avec certitude ce que faisait votre mari pendant son temps libre sur place. Ce que je vais vous rapporter ne sont que des on-dit et j'aimerais vraiment que vous les preniez comme tels, car je n'ai aucune preuve que tout cela soit vrai.

Tout en parlant, Alex passait et repassait ses mains dans ses cheveux épars. *Pas étonnant qu'il soit quasiment chauve*, ne put-elle s'empêcher de penser.

— Bon…

Alex marqua un nouveau temps d'arrêt avant d'oser poursuivre :

— Il se murmurait qu'Augustin avait une famille à Shanghai…

Le cœur de Johanna cessa de battre. Ou du moins, c'est l'impression qu'elle eut. Une boule énorme s'était formée au creux de son ventre et prise de vertige, elle dut se retenir à la table collante pour ne pas vaciller.

Bien sûr, elle s'attendait à ce genre de révélation ; mais entendre sa pire crainte formulée à haute voix par un quasi inconnu la pétrifia et provoqua un choc émotionnel proche de celui qu'elle avait ressenti lorsqu'elle avait appris le décès d'Augustin.

Alex, gêné, ne savait pas comment réagir.

— Je suis vraiment désolé. Je n'aurais peut-être pas dû vous en parler, s'excusa-t-il. Encore une fois, ce ne sont que des rumeurs, je n'ai jamais rien vu moi-même.

— Non, non, ne vous en voulez pas, répliqua-t-elle, le souffle court, reprenant un peu ses esprits. Je… je… c'est moi qui vous ai posé la question. Et c'est moi qui m'excuse de vous mêler à tout ça.

Le silence retomba entre eux. Mille questions tournaient dans la tête de Johanna mais elle ne savait pas comment les formuler ni par où commencer.

— Savez-vous qui est à l'origine de ces rumeurs ? Si Augustin était si discret, comment quelqu'un a-t-il pu être au courant ? Est-ce que cela pourrait être une personne qui cherchait à lui faire du tort en diffusant ces informations ?

Alex secoua la tête.

— Honnêtement, je ne sais pas d'où vient cette histoire. J'ai surpris une ou deux fois ma secrétaire qui en parlait avec une collègue d'un autre service, mais je n'ai jamais cherché à en savoir plus. Comme je vous l'ai dit, je préfère généralement ne pas mélanger business et vie privée. Mais si vous le désirez, je pourrais faire quelques recherches…, lui proposa-t-il, hésitant.

— J'ai besoin de savoir ce qu'il en est vraiment, même si cela me fait un mal de chien, répondit doucement Johanna. Cependant, je ne veux pas abuser de votre gentillesse et de votre temps. Melanie, la secrétaire d'Augustin que vous connaissez peut-être m'a donné les coordonnées de son assistante, son nom m'échappe, et d'un chef d'équipe, Tom Huang je crois, à Shanghai. Et si vous pouviez également me donner celles de votre secrétaire, cela me ferait trois personnes sur place à contacter pour poursuivre mes investigations.

— Johanna, laissez-moi vous aider, insista-t-il. J'ai l'avantage de me débrouiller en chinois, ce qui, sans vouloir vous offenser, ne doit pas être votre cas. Il me suffira de poser quelques questions et je suis sûr que toute cette histoire sera rapidement éclaircie, et même très certainement démentie.

— Je ne serais pas si catégorique si j'étais vous, répliqua Johanna d'une voix plus amère qu'elle ne le souhaitait. Il se trouve malheureusement que j'ai en ma possession des éléments qui semblent plutôt confirmer la véracité de cette « rumeur ».

Tout en parlant, elle sortit de son sac les deux photos trouvées dans la valise d'Augustin et les présenta à Alex.

— Je suis vraiment désolé, dit ce dernier d'une voix grave après avoir observé les visages souriants quelques instants.

— Si vous saviez comme j'en ai assez d'entendre ce mot : Désolé ! Je ne le supporte plus ! Tout le monde est désolé, désolé, désolé ! Mais qu'est-ce que cela peut me faire que vous soyez tous désolés ! fulmina Johanna.

Elle essuya rageusement avec ses manches les larmes qui coulaient sur ses joues.

— Je voudrais juste retrouver ma vie d'avant, je me sens si seule, sanglota-t-elle.

Son désarroi attira les regards indiscrets d'un groupe de jeunes affalés sur les fauteuils rayés qui occupait le centre de la salle. La puissance de son mal-être annihilait cependant toute la gêne qui l'aurait envahie d'ordinaire à l'idée de faire étalage de ses sentiments devant témoins.

Alex lui tendit un mouchoir et la laissa se calmer avant de reprendre.

— Johanna, je comprends votre solitude mieux que vous ne le pensez. J'ai perdu ma femme il y a quelques années et il ne se passe pas un jour sans qu'elle ne me manque. J'imagine que cela doit être d'autant plus dur pour vous que la disparition d'Augustin a été brutale et que vous êtes confrontée à ces histoires de tromperie.

Sa voix chaude enveloppait Johanna comme un cocon. Elle regrettait déjà de s'être montrée irritable. Elle lui adressa un petit sourire contrit.

— Alex, je suis… désolée pour votre femme… et de m'être emportée contre vous.

Un petit rire triste lui échappa et il posa délicatement sa main sur son avant-bras.

— Ce n'est rien, je sais ce que vous traversez. Laissez-moi mener ma petite enquête pendant quelques jours. Je serais vraiment heureux de faire ça pour vous.

— Eh bien, d'accord si vous insistez. D'autant que vous avez vu juste concernant mes connaissances limitées en chinois ! Merci beaucoup Alex. Dans mon malheur, j'ai au moins de la chance d'être tombée sur un homme comme vous.

13

— Ce gamin m'épuise, soupira Lisa, en balançant d'un geste désinvolte son téléphone portable dans son sac ouvert sur la table.

— C'était Leo ? l'interrogea Johanna, qui n'avait pas suivi la conversation téléphonique de son amie depuis le début.

Elles se trouvaient toutes les deux dans la cuisine du restaurant et profitaient d'une période d'accalmie entre le service du midi et celui de la fin de journée pour s'accorder une pause.

Lisa leva les yeux au ciel.

— Oui, c'était Monsieur Tête en l'air ! Je commence à me demander s'il ne s'est pas fixé comme objectif de figurer dans le livre des records !

— Qu'est-ce qu'il a oublié cette fois-ci ?

— Son sac de sport, dans le bus. Le pire, c'est qu'il m'a déjà fait le coup il y a à peine trois semaines et que je venais juste de lui racheter une tenue complète ! Il m'avait promis de faire attention ! Non mais j'te jure, on se demande ce qu'il a dans la tête !

— Je te propose au choix : les copains ? Les filles ? Non, je sais, les jeux sur son téléphone ! plaisanta Johanna.

Lisa s'esclaffa.

— Ah, ça c'est sûr, son portable, c'est bien la seule chose qu'il ne risque pas de perdre, il est greffé à sa main ! Bon, en tout cas, cette fois-ci, c'est lui qui payera pour remplacer ses affaires, ça lui servira de leçon !

Johanna s'apprêtait à suggérer à son amie de contacter la compagnie de bus pour savoir si le sac n'aurait pas été retrouvé avant de courir au magasin, lorsqu'elle fut interrompue par la sonnerie de son propre téléphone.

— Allo ?

— Johanna, j'espère que je ne vous dérange pas ? C'est Alex, précisa la voix.

— Ah, bonjour Alex ! Non, vous ne me dérangez pas. Je suis au travail, mais c'est calme pour le moment.

— Bien. J'ai des informations pour vous. Mais vous préférez peut-être que je vous rappelle plus tard, lorsque vous serez chez vous ?

— Oh non ! s'empressa-t-elle de répondre. Elle ne pourrait jamais attendre la fin du service pour entendre ce qu'il avait à lui dire. Accordez-moi quelques secondes et je suis à vous.

Désirant être seule pour cette conversation, elle s'excusa auprès de Lisa, qui n'avait pas besoin de plus d'explications pour comprendre l'importance de cet appel. Elle attrapa son manteau et se précipita sur le parking.

Il était à peine cinq heures de l'après-midi, mais la nuit était déjà tombée. Johanna décida qu'il faisait beaucoup trop froid pour mener cette conversation dehors et se réfugia dans sa voiture. Il lui semblait que les palpitations de son cœur résonnaient dans l'habitacle, couvrant le bruit de soufflerie du chauffage qu'elle avait pourtant poussé à son maximum.

Une fois installée, elle reprit l'appel.

— Merci d'avoir patienté. Pour être tout à fait honnête, je ne pensais pas que vous reprendriez contact avec moi aussi rapidement.

— Oui, moi non plus, avoua-t-il. Après notre rencontre hier matin, je n'ai eu finalement qu'à passer quelques coups de fil pour obtenir pas mal d'informations. C'est fou comme les gens sont commères et tirent une certaine fierté de leur connaissance des détails croustillants de la vie des autres…

— Vous avez attendu tout ce temps pour vous en rendre compte ? se permit-elle cyniquement de lui répondre.

— Non, rigola-t-il. Mais j'en suis surpris à chaque fois.

— Bon, alors qu'avez-vous appris de si palpitant ?

Johanna s'efforçait de paraître détachée alors que ce suspense lui était insoutenable.

— Je crains que ce que j'ai à vous apprendre ne vous plaise pas… Malheureusement, il semblerait qu'Augustin ait en effet eu une relation avec une ancienne employée… et qu'ils aient eu un enfant ensemble.

Johanna était tétanisée et incapable de prononcer un mot.

— Johanna, dit Alex, je sais que vous ne voulez plus l'entendre, mais je suis sincèrement désolé d'être porteur de ces nouvelles.

— Qui vous a donné ces informations ? réussit-elle finalement à articuler.

— Ma secrétaire. Et deux autres collègues ont confirmé ses dires.

— Ok.

Elle se sentait vidée et ne savait pas quoi ajouter.

— J'imagine que tout ça est très dur à encaisser…, dit Alex, en se maudissant la seconde d'après pour la platitude de ces paroles.

Après avoir laissé passer quelques instants d'un silence gêné, il reprit d'une voix bienveillante.

— Voulez-vous plus de détails ou est-ce que cela vous suffit pour aujourd'hui ?

— Non je préfère que vous me disiez tout ce que vous savez s'il vous plaît. Cocue pour cocue, autant ne pas rester la pauvre conne ignorante !

— Johanna, ne parlez pas comme cela de vous-même, vous vous faites du mal inutilement.

— C'est pourtant bien comme cela que je me sens, trahie !

— Je comprends et je partage votre chagrin, dit Alex en tentant de l'apaiser. Bon, regardons ce que je peux vous dire.

Il consulta ses notes.

— Alors, cette femme s'appelle Lucy Sun. Elle a travaillé pour nous pendant deux ou trois ans, avant de démissionner peu de temps après l'annonce de sa grossesse. Elle bosserait maintenant pour une entreprise américaine, mais personne n'a été capable de m'en donner le nom et je n'ai rien trouvé en faisant des recherches sur internet. Le problème, c'est que Lucy n'était sûrement pas son vrai prénom, les Chinois aiment bien prendre un nom plus occidental dans le cadre professionnel et elle a très bien pu en changer ou reprendre son vrai prénom depuis son départ. Quant à Sun, c'est un nom très répandu à Shanghai.

Elle laissa ses paroles pénétrer son cerveau encore anesthésié par le choc.

— Vous êtes donc en train de me dire que cette femme a disparu dans la nature ?

— Pour le moment oui, mais je peux continuer mes recherches, si c'est vraiment ce que vous souhaitez… Cependant Johanna, enchaîna-t-il doucement, même si nous ne nous connaissons que depuis peu, je vais me permettre de vous donner un conseil d'ami : laissez cette histoire derrière vous. Augustin vous a trompée, mais il n'est plus là. Vous vous ferez plus de mal que de bien en cherchant à en savoir plus. Vous ne ferez que remuer le couteau dans la plaie. Je sais que c'est dur à entendre pour le moment, mais vous êtes jeune, vous avez toute votre vie devant vous.

Les larmes coulaient abondamment le long des joues de Johanna. Elle était en proie à des sentiments contradictoires et elle n'aurait pu dire si c'était la tristesse, la colère ou la honte qui l'emportait.

— Il va falloir que je vous laisse, s'excusa-t-il. Je suis attendu pour une réunion. Prenez le temps de réfléchir à tout ça et n'hésitez pas à me recontacter si vous avez besoin.

— Merci, hoqueta-t-elle, merci pour tout.

— De rien, c'est le minimum que je pouvais faire pour vous aider. Au revoir Johanna.

— Au revoir.

Ne voyant pas revenir Johanna après une demi-heure d'absence, Lisa risqua un œil dehors. Elle la trouva dans sa voiture, entourée d'une dizaine de mouchoirs usagés, la tête posée sur le volant. Elle s'installa sur le siège passager et frotta le dos de son amie d'une main amicale.

— Tu dors ou tu fais ton yoga ? la taquina-t-elle.

— C'est la position de yoga intitulée « La veuve humiliée », réussit à plaisanter Johanna.

Lisa ne fut cependant pas dupe de cette bravade.

— C'est bien ce que je craignais, en ne te voyant pas revenir. Ma Jo, je voudrais tellement que tout cela cesse, tu ne mérites pas ça. Allez, viens dans mes bras ma puce.

Lisa la tira à elle et sentit très vite son épaule s'humidifier.

Après avoir épanché sa peine un bon moment, Jo poussa un profond soupir en se redressant :

— J'ai dû sacrément merder dans ma vie d'avant pour subir tout ça !

— Ouais, tu devais être la pire des garces !

Cette remarque déclencha un fou rire nerveux des deux amies, incapables de calmer leurs gloussements hystériques pendant plusieurs minutes.

— Oh Lisa, réussit à prononcer Johanna lorsque le calme fut revenu, je suis tellement chanceuse de t'avoir auprès de moi en ce moment.

Lisa prit un air faussement outré.

— Comment ça, juste en ce moment ?

— Ah oui, le reste du temps, tu es sacrément chiante ! Bon, dis-moi plutôt ce que tu ferais à ma place, dit Johanna, ramenant la conversation sur le sujet qui la préoccupait.

Après que son amie l'eut mise au courant des derniers développements, Lisa resta muette pendant plusieurs minutes, ce qui ne lui ressemblait pas.

Quand elle reprit la parole, Johanna fut surprise par le sérieux de sa voix.

— Écoute Jo, tu sais que je ne pratique pas la langue de bois. Tu veux mon avis, je vais te le donner. Mais rappelle-toi que tu es la seule à pouvoir décider ce qui est bon pour toi.

Ces mises en garde terminées, elle poursuivit :

— Cet Alex semble un homme sensé et il a certainement raison lorsqu'il te dit de laisser tomber. Cependant, pour être tout à fait honnête, si j'étais dans ta situation, je rechercherais cette nana pour aller lui mettre mon poing dans la gueule !

Elle accompagna ses dernières paroles d'un coup rageur dans les airs.

Johanna lui lança un regard désabusé.

— Cela a le mérite d'être clair ! Je ne suis pas complètement étonnée par ta réaction, qui exprime également ce que je ressens, même si moi, ce serait plutôt à Augustin que j'aurais envie de m'attaquer.

Après tout, cette fille n'était peut-être même pas au courant de mon existence…

Lisa haussa les épaules, sceptique.

— Mouais, t'es bien gentille de lui chercher des excuses. Augustin portait une alliance, non ? Moi j'ai déjà entendu dire qu'il y avait plein de filles là-bas qui ne rêvaient que d'une seule chose : mettre le grappin sur un riche Occidental pour avoir la belle vie ! Marié ou non, elles n'ont aucun scrupule. Je ne serais pas étonnée d'apprendre que cette Lucy fasse partie de cette catégorie.

Johanna sentait les larmes revenir. Cela lui faisait tellement mal d'imaginer que l'homme qu'elle aimait et admirait plus que tout puisse s'être laissé prendre dans un tel jeu vulgaire.

— Je ne sais pas quoi faire, Lisa, avoua-t-elle entre deux sanglots. D'un côté, j'aurais envie de retrouver cette femme pour pouvoir comprendre comment elle a réussi à entrer dans la vie d'Augustin. Mais d'un autre, je suis tellement épuisée par tout ça que je me dis qu'il vaudrait mieux que je suive les conseils d'Alex et que j'essaye d'oublier toute cette histoire.

Lisa attrapa un mouchoir dans le distributeur placé sur le tableau de bord et essuya le visage de son amie tout en la rassurant.

— Tu n'as pas à décider maintenant. Tu es encore sous le choc de la nouvelle et c'est bien normal que tu te sentes sonnée et perdue. Laisse-toi le temps de digérer tout ça et de voir si tu veux continuer les recherches. En attendant, sortons de cette voiture, c'est un vrai sauna !

— Je ne peux pas retourner au restaurant dans cet état, protesta Johanna. Je vais plutôt rentrer à la maison.

Ne lui laissant pas le temps de réagir, Lisa se pencha pour retirer la clef du contact.

— Pas question que je te laisse conduire dans cet état et que tu ailles te morfondre toute seule chez toi ! Tu sors immédiatement de cette voiture et tu viens avec moi te refaire une beauté avant de reprendre le service.

Sentant à son ton qu'elle serait inflexible et secrètement soulagée de se laisser guider sans avoir à réfléchir, Johanna la suivit sans rechigner.

14

Johanna pressa le pas, agressée par l'atmosphère festive qui régnait en ville. Elle se maudissait d'avoir choisi, sans le savoir, le jour de l'allumage des lumières de Noël pour enfin acheter le thé au jasmin de chez Ajmer, que sa mère lui réclamait de manière insistante.

Depuis qu'elle l'avait découvert lors de l'une de ses premières visites en Angleterre, Patricia ne jurait que par lui et en faisait une grosse consommation. Johanna devait donc régulièrement lui envoyer un réapprovisionnement. Elle avait bien tenté d'échapper à cette corvée en lui offrant une vingtaine de paquets lors d'une de ses visites estivales en France, mais sa mère n'avait cessé de râler qu'elle n'avait pas la place dans sa cuisine pour stocker une telle quantité et en avait distribué une bonne partie à ses amies.

Son initiative de commander le thé par internet n'avait pas rencontré plus de succès. Patricia avait déclaré qu'elle ne retrouvait absolument pas le parfum subtil et la délicatesse du thé Ajmer et qu'il devait certainement s'agir d'une contrefaçon. Johanna savait que sa mère était incapable de faire la différence entre les deux et qu'elle savourait uniquement le contrôle, fut-il minime, qu'elle exerçait ainsi sur elle ; elle avait cependant préféré lui accorder cette petite victoire plutôt que de se lancer dans une bataille futile perdue d'avance.

Elle se demandait parfois comment sa sœur supportait de vivre à seulement une vingtaine de kilomètres de chez elle. Cependant, Julie semblait y trouver son compte et apprécier d'avoir sa mère sous la main pour jouer les baby-sitters. Leurs relations n'avaient jamais été aussi compliquées qu'entre Johanna et Patricia. Julie avait toujours eu une grande force de caractère et était complètement imperméable aux remarques qu'osait lui faire sa mère. Johanna enviait la capacité de sa petite sœur à remettre leur mère à sa place lorsqu'elle dépassait les bornes et à lui pardonner très vite ses excès. Leur frère Sébastien avait quant à lui suivi l'exemple de Johanna et avait échappé dès qu'il avait pu à l'emprise maternelle en s'engageant dans la gendarmerie dès l'obtention de son baccalauréat. Après avoir habité dans différentes régions, il était affecté depuis deux ans à la gendarmerie du Portel dans le Pas-de-Calais et ne redescendait généralement dans la région lyonnaise que pour les fêtes de fin d'année. Il profitait souvent, en revanche, de ses repos pour rendre visite à sa grande sœur qu'il adorait, même s'il pouvait laisser passer plusieurs mois sans lui donner de nouvelles. Il n'était pas rare qu'il appelle la veille pour annoncer son arrivée pour le week-end. Ces visites spontanées s'étaient néanmoins un peu espacées depuis que Sébastien était tombé sous le charme de Jade, une jeune Lilloise et qu'il préférait désormais lui consacrer son temps libre. Johanna ne lui en tenait pas rigueur, elle était au contraire ravie de le voir enfin trouver une certaine stabilité.

La foule se faisait plus dense à mesure qu'elle approchait de la place de l'église. Elle se fraya tant bien que mal un chemin entre les groupes joyeux qui s'étaient rassemblés autour des étals vendant décorations de Noël, nourritures variées, bières et vin chaud, et fut soulagée lorsqu'elle atteignit enfin la porte du magasin. Le calme qui régnait à l'intérieur de la boutique contrastait fortement avec le capharnaüm extérieur et il lui fut difficile de quitter ce havre de paix une fois son achat effectué.

De retour dans la rue piétonne, elle fut accueillie par un décompte tonitruant « Cinq… Quatre… Trois… Deux… Un… Zérooo ! », suivi instantanément par des exclamations émerveillées lorsque les milliers d'ampoules installées dans la ville s'illuminèrent, créant un décor féerique.

Johanna sentit l'émotion l'envahir. Elle remarqua un vieux carrousel qui détonnait au milieu des autres attractions aux couleurs criardes installées pour la fête, et ne put résister à l'envie de s'arrêter pour observer les enfants chevauchant de magnifiques chevaux blancs à la crinière dorée. Elle avait toujours adoré lire les expressions qui s'affichaient sur leurs petits visages, ravissement pour la plupart, inquiétude parfois, entendre leurs rires et leurs appels excités à leurs parents à chaque tour.

Les larmes brouillaient sa vision et sa déglutition était gênée par la boule qui grossissait dans sa gorge.

Elle ne pouvait détacher son regard du manège, les souvenirs affleurant à sa mémoire. Combien de fois avait-elle observé ce spectacle dans les premières années de sa relation avec Augustin, s'imaginant qu'un jour ce serait sa petite fille ou son petit garçon qui chercherait à attirer son attention en criant « Maman » ? La vie en avait décidé autrement et elle se retrouvait à trente-six ans, veuve et sans enfant.

Une pensée la frappa subitement : *si Augustin avait eu un enfant avec cette femme, cela voulait forcément dire que c'était de sa faute à elle s'ils n'avaient pu en avoir !* Elle avait refoulé ce qu'elle considérait comme son plus gros échec, tellement profondément en elle, pour pouvoir le surmonter et continuer à avancer, que cette évidence ne lui avait même pas sauté aux yeux plus tôt.

Suite à leur installation en Angleterre et après presque deux années d'essais infructueux pour avoir un bébé, ils avaient passé une batterie de tests qui n'avait révélé aucune anomalie ni chez l'un, ni chez l'autre pour expliquer leur infertilité. N'étant dès lors pas éligibles pour une prise en charge, par le service public de santé anglais - le NHS -, d'une procréation médicalement assistée, ils avaient décidé de payer plus de cinq mille livres pour faire appel à une clinique privée. Malgré le suivi psychologique dont ils avaient bénéficié, ce fut une période tumultueuse pour leur couple, chacun se renfermant sur sa propre souffrance. Johanna supportait difficilement les effets secondaires du traitement pour stimuler sa production ovarienne et Augustin se sentait impuissant, incapable de la soulager.

Ils avaient fondé beaucoup d'espoirs dans la réussite de l'insémination artificielle, ne tenant pas compte des mises en garde de l'équipe médicale concernant un éventuel échec, et s'étaient littéralement effondrés lorsque l'échographie de contrôle avait révélé qu'aucun embryon ne s'était développé. Ils avaient décidé d'un commun accord de ne pas faire une deuxième tentative, certains de ne pas se relever d'un second échec.

Faire le deuil de cet enfant tant désiré, panser leurs blessures à l'âme, reconstruire leur couple sur de nouveaux projets leur avaient demandé beaucoup de résilience et de patience. Johanna avait l'impression de recevoir un coup de poignard dans le cœur à l'annonce de chaque nouvelle grossesse dans leur entourage et elle en voulait à l'heureuse élue. Les nombreuses heures passées au restaurant et l'énergie dépensée pour le faire marcher l'avait sauvée de la dépression.

Puis un jour de décembre, alors qu'elle avait renoncé depuis longtemps à l'idée d'être mère, elle réalisa que ses règles avaient deux semaines de retard. Elle avait fait un test de grossesse sans y croire et avait défailli de joie en voyant s'afficher les deux traits confirmant qu'une petite vie s'était installée en elle. Pendant un mois, elle avait vécu sur un petit nuage. Augustin partageait son euphorie et ils avaient eu toutes les peines du monde à ne rien révéler à leurs familles lors de leurs retrouvailles pour les fêtes de fin d’année. Seule Lisa était dans la confidence, Johanna étant incapable de la fréquenter tous les jours sans partager son secret.

Cette bulle de bonheur éclata subitement un matin de janvier. Et la chute fut rude. Augustin était en Chine et cette fausse couche vécue en solitaire fut l’une des expériences les plus traumatisantes de la vie de Johanna. Sans le soutien sans faille de ses proches, elle n’aurait pas eu la force de se relever.

Avec le temps, la douleur s'était atténuée, remplacée par une douce mélancolie. Il ne se passait cependant pas un jour sans que Johanna ne pense à ce petit être que la vie lui avait enlevé. Elle avait refusé catégoriquement l'idée de l'adoption, ne se sentant pas assez forte pour endurer le long processus sans garantie de succès, et Augustin n'avait pas insisté. Ils avaient reporté leur affection sur leurs neveux et nièces, pour lesquels ils étaient les meilleurs oncle et tante du monde, et Johanna aimait s'occuper des enfants de Lisa, qui en étaient venus à la considérer presque comme une seconde maman.

Ils avaient profité de leur indépendance pour assouvir leur passion commune pour les voyages et ils leur semblaient que le lien entre eux était encore plus fort après avoir traversé cette épreuve. A ceux qui ne connaissaient pas leur histoire et leur demandaient parfois quand ils allaient enfin agrandir leur famille, ils répondaient unanimement qu'ils se satisfaisaient de leur vie à deux et qu'ils avaient fait le choix de ne pas ajouter un nouvel être à une planète déjà surpeuplée. Cette repartie clouait généralement le bec aux plus curieux.

Johanna se demandait à présent si tout ce qu'elle avait cru partager avec son mari n'était que mensonge. Est-ce que c'est parce qu'elle n'avait pas pu lui donner un enfant qu'il l'avait trompée ? Est-ce que pour lui, sa vraie famille, ce n'était pas elle mais cette femme et leur enfant ?

Son esprit s'était de nouveau emballé et elle rentra chez elle en pilotage automatique. Elle avait pourtant fait des progrès depuis la confirmation trois semaines auparavant par Alex de la réalité de la double vie d'Augustin, laissant un peu de côté tous ses questionnements. Elle n'avait pas pris de décision concernant les recherches pour retrouver Lucy, préférant se laisser porter par le courant.

Lisa avait réussi à lui faire remettre un pied timide dans la vie sociale. Johanna avait accepté de sortir boire un verre avec leurs amis, et même si elle avait eu l'impression d'évoluer dans un monde parallèle au leur et de jouer un rôle, elle avait apprécié de les revoir et de se sentir entourée.

Elle avait recommencé à travailler à plein temps, ainsi qu'à répondre aux appels et aux messages des membres de son entourage, rassérénés d'avoir des nouvelles qu'elle s'efforçait de rendre rassurantes sur son moral, inconscients cependant de la tristesse qui formait une masse dure au creux de son ventre et jetait un voile gris sur tout ce qu'elle vivait. S'ils décelaient bien une fêlure dans son regard et dans sa voix, ils préféraient pour la plupart s'en tenir aux apparences, sentant sa réticence à se livrer plus en profondeur.

Dans le frigo, elle trouva une bouteille de vin rouge entamée et s'en servit un grand verre avant de s'affaler dans le sofa, télé allumée. L'ancienne Johanna, celle d'avant l'accident, considérait avec mépris les gens qui passaient des heures devant leur petit écran, à zapper d'une émission stupide à une autre encore plus idiote. Son passe-temps favori était plutôt de dévorer des livres, en écoutant Norah Jones, sa chanteuse préférée.

Mais la nouvelle Johanna, qui ne trouvait plus la concentration suffisante pour lire plus de deux pages d'affilée, trouvait un certain plaisir à s'abrutir ainsi. Elle était fascinée par ce que certaines personnes étaient prêtes à faire devant une caméra pour quelques minutes de gloire. Elle se passionnait entre autres pour une compétition visant à désigner le meilleur pâtissier du Royaume-Uni, alors qu'elle n'avait jamais suivi un seul programme de télé-réalité de sa vie et qu'elle détestait les gâteaux anglais recouverts de pâte à sucre, qui semblaient avoir la préférence du jury.

Elle s'était assoupie et elle mit un certain temps à réaliser que la sonnerie qu'elle entendait était celle de sa porte d'entrée.

— Tiens, salut Millie ! Entre, ma grande, il fait bien trop froid pour rester dehors en T-shirt !

Johanna la tira à l'intérieur avant qu'elle n'ait eu le temps de protester et referma rapidement la porte.

— T'inquiète, Jo ! râla Millie. Je n'étais dehors que quelques secondes. Et puis d'abord, je ne suis jamais malade !

— Ok, mais moi, je préfère discuter au chaud que de me geler sur le palier ! Je n'ai pas vos gènes d'Irlandaise, Mademoiselle ! rétorqua Johanna, en la serrant tendrement dans ses bras.

Elle avait toujours adoré cette petite fille espiègle, qui avait hérité de sa mère sa joie de vivre, sa chevelure flamboyante et ses tâches de rousseur.

— Que me vaut l'honneur de ta visite ? Est-ce que c'est ta mère qui t'a envoyée en éclaireuse pour savoir ce que devenait l'ermite d'à côté ? la taquina Johanna.

— Même pas ! C'est moi qui aimerais que tu viennes manger avec nous ce soir. Sentant instinctivement que Johanna cherchait mentalement un moyen de se défiler, elle enchaîna d'un ton suppliant :

— Allez ! S'il te plaît ! C'est Leo qui cuisine, ça va encore être dégoûtant ! Si tu viens, cela en fera moins à manger pour chacun ! Et toi, t'es hyper forte pour lui faire croire que tu aimes !

Johanna éclata de rire.

— Moi qui pensais que tu voulais que je vienne car tu appréciais ma compagnie, je suis choquée que tu te serves de moi comme cobaye pour goûter des aliments non identifiés !

Millie lui adressa un sourire complice, les yeux pétillants de malice.

— Apparemment, ce soir, c'est « lasagnes revisitées », tu vas adorer !

— Ok, tu as gagné, j'arrive. Et avec un peu de chance, ton frère aura fait des progrès depuis son mémorable risotto cramé au poulet cru… Mon estomac s'en retourne encore, rien que d'en parler !

15

Sous sa main, elle sentait sa petite poitrine se soulever au rythme de sa lente respiration. Elle adorait commencer sa journée par ce rituel, allongée contre le corps chaud de sa fille. Contempler son visage parfait si détendu lui apportait réconfort et sérénité, et lui permettait pour quelques instants d'oublier ses soucis. Jamais Jia-Li ne regrettait sa décision de la garder, malgré les problèmes que cela avait pu lui apporter et l'angoisse qui lui nouait l'estomac.

Il était temps de se lever si elle ne voulait pas être en retard. Elle caressa doucement le front de Mei et déposa au creux de son cou de légers baisers, tout en lui murmurant :

— Bonjour ma poupée, il est l'heure de laisser tes rêves s'envoler et de démarrer une nouvelle bonne journée. Je te laisse quelques minutes pour te réveiller pendant que je prends ma douche.

Lorsqu'elle revint dans la chambre, Mei était toujours enfouie sous les couvertures. Elle ne pouvait la blâmer, car malgré l'énergie déployée par le petit radiateur électrique, branché dans un coin de la pièce et poussé à son maximum, la température dans leur minuscule appartement ne devait pas dépasser les quinze degrés. Comme de nombreuses habitations de Shanghai, leur logement n'était pas équipé de chauffage et l'isolation laissait à désirer. *Vivement que les beaux jours reviennent*, pensa-t-elle, avant de réaliser que pour elle, les « beaux » jours appartenaient désormais au passé.

Elle s'efforça de chasser ses idées noires et de se concentrer sur l'instant présent.

— Mei, dépêche-toi de te lever et de t'habiller. Je fais chauffer ton petit-déjeuner.

La petite fille émit un grognement, avant de commencer à se préparer docilement. A quatre ans, elle faisait preuve d'une maturité et d'un sérieux qui déconcertaient parfois sa mère. Celle-ci se demandait si sa situation familiale pouvait expliquer ce caractère, que certains pourraient qualifier d'austère, ou si c'était sa nature profonde et qu'elle se serait révélée quel que soit son environnement.

Pendant que sa fille mangeait ses nouilles, Jia-Li tenta comme chaque matin de discipliner ses cheveux pour les nouer en une natte qui tiendrait en place au moins jusqu'à ce qu'elle la dépose à l'école. Une fois encore, elle admira la patience de Mei, qui ne se plaignait pas de son acharnement sur sa chevelure souple et rebelle.

Trente minutes plus tard, elles sortirent de leur allée pour se retrouver sur le trottoir étroit, encombré de marchandises de toutes sortes débordant des échoppes miniatures des commerçants de leur quartier. Elles avaient la chance d'habiter à quelques rues seulement de l'école maternelle française à laquelle Mei était inscrite.

Jia-Li appréciait généralement cette petite marche, main dans la main avec sa fille. Mais ce matin, elle était trop préoccupée pour en profiter.

— Est-ce que Papa va venir me chercher aujourd'hui ? l'interrogea Mei de sa petite voix alors qu'elles franchissaient le portail de l'école.

Jia-Li soupira et s'accroupit pour la serrer dans ses bras.

— Mei, māmā t'a expliqué déjà plusieurs fois que ton papa a quitté cette terre. Il ne pourra plus venir te voir, mais je sais que de là où il est, il veille sur toi et il t'aime toujours aussi fort.

— Moi, je veux que ce soit papa qui vienne me chercher ! insista Mei, les lèvres retroussées en une moue boudeuse.

— Chérie, tu sais que ce n'est pas possible.

Jia-Li s'efforça de rester calme.

— C'est Madame Gao qui va te récupérer comme d'habitude, et je viendrai te chercher après mon travail. Et si tu veux que māmā puisse rentrer pas trop tard, il faut que tu ailles rejoindre tes copines et que je file.

Elle poussa doucement sa fille en direction de la petite cour, où plusieurs enfants jouaient déjà gaiement. Sentant que Mei résistait, elle tenta de l'amadouer :

— Si tu es sage, on ira manger chez Jian Guo ce soir !

En entendant le nom du petit restaurant qu'elle adorait, Mei oublia instantanément sa tristesse.

— Je pourrai commander tout ce que je veux ?

— Oui, sourit sa mère, mais dans la limite du raisonnable quand même !

— D'accord !

Après un dernier baiser, elles se séparèrent et Jia-Li se dirigea du pas le plus rapide qu'elle le pouvait en direction de la station de métro, espérant ne pas à avoir à attendre un train trop longtemps.

La journée passa à un rythme effréné et il était plus de dix-huit heures lorsqu'elle réussit enfin à s'échapper de son bureau.

Elle se demandait combien de temps elle arriverait encore à fournir tout le travail qu'on lui demandait. Elle était épuisée et sentait que la migraine qui l'avait tenaillée toute la journée montait en intensité. Elle aurait aimé pouvoir claquer des doigts et se retrouver instantanément chez elle, sans avoir à affronter un long trajet dans une rame de métro bondée.

Alors qu'elle patientait sur le quai encombré, elle sentit soudain quelqu'un lui tapoter l'épaule. En se retournant, elle fut étonnée de découvrir Dai Min, une ancienne collègue.

— Sun Lucy, quelle bonne surprise !

Un frisson parcouru Jia-Li en entendant cette voix mielleuse l'appeler par le prénom qu'elle utilisait auparavant dans sa vie professionnelle. Il ne manquait plus que cette rencontre pour l'achever ! Elle n'avait jamais apprécié Dai Min et elle savait que ce sentiment était réciproque. Elle se demandait donc pourquoi elle l'avait abordée, alors qu'il lui aurait été facile de l'éviter.

— Bonsoir, dit-elle, se forçant à plaquer un sourire amical sur son visage. Comment allez-vous ?

— Bien, merci, éluda Dai Min. Mais vous, comment allez-vous ? J'ai appris pour le père de votre fille, je suis désolée. Cela a dû être un énorme choc.

Évidemment ! C'était pour cela que Dai Min voulait lui parler. La garce !

Elle aurait dû s'en douter. Dai Min, la doyenne des assistantes de direction chez Delta-Architecture Shanghai, avait toujours raffolé des ragots. Elle l'imaginait déjà se vantant le lendemain auprès de ses collègues de l'avoir rencontrée. Mais si elle espérait avoir des détails croustillants à se mettre sous la dent, elle allait être déçue. Jia-Li avait bien l'intention de lui fournir le moins d'informations possible sur sa vie privée, comme elle l'avait d'ailleurs toujours fait.

— Ma fille et moi allons bien merci. Je dois me dépêcher de rentrer pour la récupérer chez la voisine.

A cet instant, le train apparut dans la station et Jia-Li suivit le mouvement de la foule pour s'approcher du bord du quai, espérant ainsi clore rapidement la conversation. Dai Min ne semblait cependant pas disposée à la laisser s'échapper aussi facilement et s'engouffra dans le métro à ses côtés.

— C'est un drôle de hasard que je vous rencontre aujourd'hui. J'ai pas mal entendu parler de vous ces derniers temps…, reprit-elle une fois les portes refermées.

Jia-Li la laissa bavasser sans prêter une réelle attention à ses propos. Elle voulait bien croire que la disparition brutale d'Augustin avait dû faire ressortir les anciennes histoires, mais elle fut abasourdie en réalisant soudain ce que venait de dire Dai Min.

— Pardon, pouvez-vous répéter ce que vous venez de dire à l'instant ? l'interrogea-t-elle, le cœur battant.

— Eh bien, jubila Dai Min, ravie de lire la confusion sur le visage de Jia-Li, une rumeur court, selon laquelle la femme d'Augustin Laroche s'intéresserait à vous.

— La femme d'Augustin ? Elle s'intéresse à moi ? répéta Jia-Li, incrédule. *Mais comment a-t-elle appris mon existence ? Il m'a toujours dit que Johanna ne se doutait de rien.*

Elle sentait le regard perfide de Dai Min posé sur elle et tenta de se redonner une contenance.

— Qui vous a dit cela ? demanda-t-elle, plus agressivement qu'elle ne l'aurait voulu.

— C'est mon amie Wen Luo. Elle est assistante de direction et travaille pour Alex Blackbird, un Anglais. Vous ne les connaissez ni l'un ni l'autre, car ils ont commencé à travailler pour Delta-Architecture après votre départ. Wen Luo est absolument charmante et nous nous croisons régulièrement, précisa-t-elle.

Elle savourait l'emprise qu'elle avait sur son interlocutrice et prenait tout son temps pour répondre.

— Wen Luo m'a dit que M. Blackbird lui avait posé plein de questions à votre propos et qu'il chercherait à vous contacter.

— Ah…

— Comme vous avez disparu assez brutalement et que vous ne nous avez pas donné signe de vie depuis votre départ, nous n'avions aucun moyen pour vous prévenir, continua Dai Min.

Son ton réprobateur fit bondir Jia-Li. Elle ne lui devait rien à cette vieille mégère ! À part de l'avoir poussée à la démission suite à ses dénonciations calomnieuses !

— Oui, eh bien merci de m'avoir informée de la situation, dit-elle sèchement. Je suis arrivée, je vais donc vous laisser. Je vous souhaite une bonne soirée.

Sans laisser à Dai Min le temps de répondre, elle sauta sur le quai et se faufila entre les usagers, pour se cacher en attendant que le métro reparte. Ce n'était en réalité pas la bonne station, mais elle ne supportait plus cette conversation. Elle prendrait le train suivant. Elle serait en retard, mais cela lui permettrait de digérer ce qu'elle venait d'apprendre avant de récupérer Mei.

Une fois encore, sa vie prenait un tour inattendu…

16

— Il m'est arrivé un truc incroyable hier !

Lisa venait à peine de pénétrer dans la salle du restaurant, déserte à cette heure matinale, qu'elle emplissait déjà l'espace de sa présence.

— Tu as réussi à faire cuire des pâtes sans les transformer en bouillie ? lança Johanna, sarcastique, sans lever les yeux de son écran.

— Très drôle ! Non, un truc vraiment génial ! insista Lisa, en se laissant tomber sur une chaise à côté de Johanna, encore concentrée sur sa comptabilité.

Sentant cependant qu'elle ne pourrait pas continuer tranquillement tant qu'elle n'aurait pas accordé un peu d'attention à Lisa, Johanna abandonna à contrecœur son ordinateur pour se tourner vers son amie.

— Oh non ! s'exclama-t-elle, dès qu'elle aperçut le visage tendu par l'excitation de Lisa. Ne me dis pas que tu viens de tomber de nouveau amoureuse !

Lisa exulta.

— Siii... ! Et cette fois-ci, je suis sûre que c'est le bon !

— C'est bizarre, j'ai comme l'impression d'avoir déjà entendu ça quelque part.

Le scepticisme affiché par Johanna ne refroidit pas l'enthousiasme de Lisa.

— Non, mais là, je te jure, c'est vraiment le bon ! Il est trop mignon, intelligent et super gentil !

— Oui, enfin permets-moi juste de te rappeler que la dernière fois que tu m'as dit ça, le gars sortait juste de prison et s'est révélé être loin de l'image du gentil garçon bien propre sur lui que tu m'avais décrite au départ.

— Oh, mais arrête de faire ta rabat-joie ! Je te dis que celui-là est bien différent de tous les autres mecs que j'ai fréquentés avant ! D'abord, lui, il est prof de géographie à l'université ! affirma Lisa avec fierté.

— Ah oui, ça change en effet des loosers que tu nous ramènes d'habitude. Je suis impressionnée ! Mais dis-moi, comment l'as-tu rencontré cet homme exceptionnel ?

— Il m'est rentré dedans !

— Eh ben, vous n'avez pas traîné, rigola Johanna.

Lisa s'esclaffa.

— T'es conne ! Il m'est rentré dedans avec sa voiture, andouille !

— On peut dire que c'est une relation qui commence sous les meilleurs auspices…

Lisa lui donna une petite tape derrière la tête.

— Mais t'arrêtes avec tes sarcasmes !

— Ok, ok, pas la peine d'en venir aux mains ! Je te laisse me raconter cette meeeerveilleuse rencontre…

— Moque-toi, moque-toi, tu rigoleras moins quand tu le verras. Figure-toi qu'il vient me chercher ce soir pour qu'on aille manger ensemble.

— Ce soir ? Je te rappelle que ce soir, tu es censée bosser ! On a deux grands groupes qui ont réservé pour leur repas de fin d'année, ça va être plein, tu ne peux pas me laisser tomber !

— Calme-toi ! J'ai tout prévu ! Archie va me remplacer. Tu sais que tu peux compter sur mon fiston pour être au top. Et j'ai déjà prévenu Richard que je ne pourrai pas m'attarder et que je retournerai t'aider au resto après notre repas.

— Donc le mec pour lequel tu es prête à foutre dans la merde ton associée, qui se trouve être également ta meilleure amie, s'appelle Richard ?

— Oui, c'est trop beau comme prénom non ?

— Bof, c'est pas un prénom de vieux ça ?

— Je t'accorde que Richard doit être un peu plus vieux que nous. Mais il a un charme fou, avec ses petites lunettes et ses cheveux poivre et sel. Il va te plaire, j'en suis sûre, minauda Lisa comme une adolescente énamourée. Bon et maintenant, assez discuté, je vais travailler, sinon mon associée qui se prend pour mon boss va m'engueuler ! Vraiment chiante celle-là !

Sans laisser le temps à Johanna de se défendre, elle se leva d'un bond et se dirigea vers la cuisine en sautillant gaiement au rythme de la musique diffusée dans la salle du restaurant.

En regardant son amie s'éloigner, Johanna se sentit partagée entre le plaisir de la voir si heureuse et l'inquiétude qu'elle s'embarque une nouvelle fois dans une histoire douloureuse et sans lendemain.

Johanna avait honte de s'avouer qu'elle ressentait également une pointe de jalousie, à l'idée qu'un homme lui pique sa copine juste au moment où elle avait tellement besoin d'elle.

Oh, arrête de faire ton égoïste, se réprimanda-t-elle en silence, *Lisa aussi a le droit de trouver l'amour. Allez, ma grande, reprends-toi ! Au boulot !* Tout en tentant de reporter son attention sur ses chiffres, elle ne put cependant s'empêcher d'espérer que ce Richard disparaisse rapidement de la circulation.

*

Le mardi était d'ordinaire une journée relativement calme au Red Lion, mais à l'approche de Noël, leur menu spécial « Fêtes de fin d'année » avait toujours beaucoup de succès et la fréquentation était en forte hausse.

Johanna n'avait pas vu passer la journée et rentra chez elle à minuit passé, exténuée. Archie avait heureusement été un assistant efficace et Lisa avait tenu sa promesse de venir aider pour la fin du service.

Elle devait reconnaître que Richard lui avait fait une première impression favorable. Elle n'était restée que quelques minutes en sa présence, mais elle avait apprécié ses manières légèrement compassées et la façon dont il dévorait Lisa des yeux, semblant fasciné par sa vivacité et sa gaieté. La question était de savoir combien de temps cette fascination durerait et si, passés les premiers émois, Lisa supporterait cet homme au caractère en apparence tellement différent du sien.

Ma foi, la vie réserve parfois des surprises, pensa Johanna tout en se glissant sous la douche. Elle laissa l'eau brûlante couler plus que nécessaire, appréciant la détente que cela lui procurait et repoussant le moment d'aller se coucher. Les semaines passaient, elle reprenait peu à peu pied, mais cela restait une épreuve de se retrouver seule, nuit après nuit, dans son grand lit qu'elle n'arrivait pas à réchauffer, avec cette place vide sur l'oreiller, telle une plaie béante à la cicatrisation impossible. Elle avait bien tenté d'échapper à ses cauchemars en s'endormant sur le canapé, mais cela n'avait fait qu'ajouter des douleurs lombaires à sa peine.

Malgré sa fatigue et l'heure tardive, le sommeil la fuyait. Elle tenta de lire, mais elle n'arrivait pas à se concentrer sur l'intrigue. Trop lasse pour se lever, agacée de ne pas parvenir à mettre son cerveau en pause, elle finit par attraper sa tablette. Regarder un film ne l'aiderait probablement pas à s'endormir, elle espérait néanmoins que cela lui permettrait de laisser ses angoisses de côté.

Elle choisit à tout hasard « Il était temps » et se laissa contre toute attente totalement emporter par cette histoire d'un jeune homme capable de voyager d'un espace spatio-temporel à un autre. Lorsqu'elle en émergea en larmes deux heures plus tard, elle regretta de ne pas avoir elle aussi la possibilité d'influencer le cours de sa vie. Si seulement elle pouvait revivre les derniers instants avec Augustin, leur dernier dimanche ensemble, et trouver n'importe quel prétexte pour l'empêcher de partir pour l'aéroport. Pourquoi n'avait-elle pas attrapé une pneumonie, ou ne s'était-elle pas cassé une jambe lors de leur sortie en vélo le matin de son départ ?

Johanna fut sortie de sa rêverie par trois notes de musique annonçant la réception d'un message. S'attendant à trouver à cette heure très matinale une publicité, elle fut étonnée de découvrir un e-mail d'Alex Blackbird, dont elle ne retint qu'une phrase : « *J'ai retrouvé Lucy* ».

17

— En réalité, c'est elle qui est entrée en contact avec moi. Elle a appris par hasard que j'avais posé des questions sur elle et m'a envoyé un e-mail en début de semaine.

— Comment a-t-elle eu votre adresse ? l'interrogea Johanna, surprise.

— Elle a contacté mon assistante à Shanghai, qui lui a transmis mes coordonnées dès qu'elle a compris à qui elle avait affaire.

Johanna, enfoncée dans un fauteuil moelleux du café, avait du mal à assimiler ce que lui racontait Alex Blackbird. Ses deux nuits blanches d'affilée ne l'aidaient pas à avoir l'esprit clair et les trois cafés qu'elle avait avalés en attendant son arrivée n'avaient pas dissipé le brouillard qui envahissait son cerveau.

Une fois remise de sa surprise à la lecture du message d'Alex la veille aux aurores, elle s'était empressée d'accepter sa proposition de le retrouver le lendemain matin à son retour de Chine au même lieu de rendez-vous qu'un mois auparavant.

Sous l'effet de la fatigue, elle éprouvait un étrange détachement à l'écoute du récit d'Alex, comme si ce dernier lui narrait les derniers rebondissements d'une série télévisée, et non pas des événements qui la touchaient intimement.

Remarquant son trouble, Alex la dévisagea d'un air soucieux.

— Vous allez bien ?

— Oui, oui, désolée, je suis juste épuisée et un peu écœurée par tout le café que j'ai ingurgité.

— Vous voulez que j'aille vous chercher un verre d'eau ?

— Non, ça va aller, merci. Donc cette Lucy vous a retrouvé. Qu'est-ce qu'elle vous a dit ?

— En réalité, pas grand-chose… Elle a repris son prénom chinois, Jia-Li.

— Jia-Li… Jia-Li… Le prénom roulait dans la bouche de Johanna comme un bonbon acidulé. C'est assez joli, reconnut-elle songeuse.

— Oui.

— Pourquoi vous a-t-elle contacté si elle ne vous a rien dit ?

Alex parut embarrassé.

— C'est à vous qu'elle veut parler Johanna. Elle m'a chargé de vous dire qu'elle aimerait beaucoup vous rencontrer, qu'elle vous devait des explications. Elle n'en a pas dit plus, mais je dois reconnaître que n'ayant pas très envie de recueillir ses confidences, je n'ai pas poussé plus loin mon interrogatoire.

— Bien sûr, je comprends. Vous en faites déjà tellement alors que tout ceci ne vous regarde même pas !

Alex crut détecter un reproche caché et un léger malaise s'installa entre eux.

— Je ne voulais absolument pas m'immiscer dans votre vie privée ; je n'ai fait que poser quelques questions pour vous aider, car j'ai été touché par votre situation, se défendit-il.

— Oh, rassurez-vous Alex ! Il n'y avait aucun sous-entendu dans ma remarque. Je n'en reviens toujours pas d'être tombé sur un homme aussi gentil que vous et je vous remercie pour votre sollicitude. C'est juste tellement dur de réaliser que tout ceci n'est pas une affabulation. Que cette Jia-Li existe vraiment, qu'elle n'est pas le fruit de mon imagination… Et pourquoi veut-elle me rencontrer maintenant ? Pour voir ma réaction quand elle se vantera de m'avoir volé mon mari ? Ou, je ne sais pas moi, pour me réclamer de l'argent, qui sait ?

Johanna sentit les larmes lui piquer les yeux et elle tenta de les chasser en clignant plusieurs fois des paupières.

Alex se pencha pour attraper son cartable, fouilla à l'intérieur quelques instants avant de tendre une enveloppe blanche à Johanna.

— Jia-Li m'a remis ça pour vous.

— Vous l'avez vue ? s'étonna Johanna.

— Non, je n'ai fait qu'échanger des e-mails avec elle. Mais elle m'a demandé où je logeais et a déposé ce courrier pour vous à l'accueil de mon hôtel hier.

Johanna saisit la lettre d'une main tremblante. Son regard se posa sur son prénom rédigé d'une écriture fine et gracile.

— Vous préférez que je vous laisse ?

— Non, que vous le vouliez ou non, vous êtes impliqué dans cette histoire maintenant. Et je n'ai pas envie de la lire seule.

Alex posa une main rassurante sur son épaule.

— Vous n'êtes pas obligé de l'ouvrir maintenant vous savez.

— Vous plaisantez ? Elle me brûle les doigts ! Je n'étais pas sûre de vouloir en savoir plus sur cette femme, mais depuis que j'ai reçu votre message, je suis sur des charbons ardents !

Tout en parlant, Johanna ouvrit l'enveloppe fébrilement. Comme à chaque fois qu'elle était sous pression, son cerveau s'attacha à des détails futiles - l'épaisseur du papier, la police de caractère utilisée, l'absence de fautes d'orthographe et l'anglais parfait - avant qu'elle n'arrive à ramener son attention sur le contenu de la missive. Elle fut déçue par sa brièveté et son formalisme.

« Chère Johanna,

Je sais que vous avez appris mon existence suite à la disparition d'Augustin. J'aurais préféré que cela se fasse dans d'autres circonstances, mais j'aurais vraiment besoin de vous rencontrer. Je ne veux pas vous expliquer la situation par écrit ou par téléphone. Pourriez-vous venir à Shanghai le plus rapidement possible ?

Merci et j'espère à très bientôt,

Sun Jia-Li »

Johanna relut plusieurs fois les mots de Jia-Li avant de relever la tête.

— Elle ne dit rien de plus. Elle veut « juste » que j'aille à Shanghai !

— Qu'allez-vous faire ?

— Je n'en ai pas la moindre idée !

18

— Ah non, tu ne peux pas nous faire ça !

— Juju, calme-toi !

— Mais je suis parfaitement calme ! C'est juste que j'ai du mal à comprendre comment tu peux partir à l'autre bout du monde alors que c'est le seul moment de l'année où nous arrivons à tous nous retrouver.

— Juju, je sais que Noël compte énormément pour toi. Et d'habitude, j'adore aussi cette période. Mais tu pourrais te mettre un peu à ma place. Je n'ai pas très envie de faire la fête et de faire semblant d'être heureuse. Je ne ferais que plomber l'ambiance…

— Évidemment que tu es triste. Et je ne te demande pas de prétendre le contraire ! Mais c'est justement quand on traverse des épreuves comme celles que tu vis ces derniers mois que l'on a besoin d'être soutenu et entouré par sa famille, non ? Tu crois sincèrement que cela va t'aider de te retrouver toute seule en Chine en nous sachant tous réunis ici ?

— Écoute, je sais que cela te paraît complètement insensé mais j'ai pris ma décision. J'ai besoin d'aller là-bas pour pouvoir avancer. Je ne peux pas supporter l'idée de célébrer Noël comme d'habitude sans Augustin. Et d'entendre Maman me bassiner à longueur de journée avec ses conseils pour reprendre ma vie en main, c'est au-dessus de mes forces !

— Ah oui, pour ça, elle est vraiment chiante notre mère ! Mais elle s'inquiète vraiment pour toi, tu sais ! On s'inquiète tous pour toi…

Johanna soupira tristement.

— Je sais que vous voulez m'aider et ça compte beaucoup pour moi de sentir votre soutien. Il faut cependant que vous acceptiez que j'aie besoin d'un peu de temps pour me reconstruire. Et cette reconstruction passe aussi par la compréhension de ce qui s'est passé entre cette femme et Augustin. Je dois aller jusqu'au bout de cette quête pour arriver à savoir quelle place elle tenait dans sa vie. Je me sens totalement perdue, je dois partir et j'aimerais tellement que tu me comprennes un peu.

Aux bruits étouffés qui lui parvenaient dans le combiné, Johanna comprit que sa sœur s'était mise à sangloter et elle ne put retenir ses larmes. Leur source semblait décidément inépuisable.

Julie fut la première à reprendre contenance.

— Tu sais à quel point je t'aime, grande sœur ! Tu as raison, ce n'est pas à moi de te dire ce que tu dois faire et de toute façon, tu ne m'écoutes jamais. Fais ce qui te semble le mieux pour toi. Sache juste que nous sommes là.

— Merci petite sœur. Moi aussi, je t'aime.

— Oh, en revanche, je te laisse annoncer à Maman que tu ne seras pas là. Si c'est moi qui le fais, elle va me tuer sur place ! Par téléphone, tu ne risques rien au moins.

Johanna sourit.

— Ça marche ! Je te dois bien ça, tu vas déjà la supporter à Noël.

— Ouais, je sens qu'elle va être d'une humeur massacrante…

— Je te fais confiance pour détendre l'atmosphère. Et tu enverras son gendre préféré s'occuper d'elle comme d'habitude.

Julie s'esclaffa.

— C'est vrai qu'il sait y faire avec elle, mon Ben. Le petit malin a su charmer la mère et la fille en même temps !

Julie se tut un instant avant de reprendre plus sérieusement.

— Bon, tu pars quand exactement ?

— Mercredi vingt-trois, en fin de journée. Ce qui fait que j'arriverai sur place le vingt-quatre, la veille de Noël donc, dans l'après-midi.

— Ok. Tu nous donneras bien de tes nouvelles, d'accord ?

— T'inquiète pas, je ne vous oublierai pas. Allez, je vais te laisser et appeler Maman pendant que j'en ai le courage. Souhaite-moi bonne chance !

— Tu peux m'en souhaiter aussi pour la gérer après !

— Oui, tu as raison. C'est surtout à toi que je dois souhaiter bon courage, ma Juju ! Et merci pour ton soutien !

— J'espère vraiment que ton voyage va bien se passer. Gros bisous.

— Gros bisous ma Juju.

Johanna prit le temps de se préparer un thé avant de rechercher le numéro de sa mère dans le répertoire du téléphone. Elle savait d'avance que la conversation serait difficile, d'autant que Patricia avait passé une demi-heure lors de leur appel dominical de la veille à lui détailler le menu qu'elle avait choisi cette année pour le réveillon.

Johanna devait avouer que c'était d'ailleurs la perspective de tout le décorum de Noël qu'elle devrait respecter pour ne pas la froisser qui l'avait décidée, après trois jours de tergiversations, à accepter la proposition de Jia-Li et à prendre ses billets pour Shanghai à des dates lui permettant d'échapper aux fêtes de fin d'année.

Elle avait passé une partie de sa journée de congé à remplir les documents nécessaires à l'obtention de son visa. Melanie, qu'elle avait contactée en fin de matinée, lui avait été d'une aide précieuse. La Chine ne plaisantait pas avec la protection de son territoire et réclamait de nombreux détails sur les personnes souhaitant y entrer et leurs motivations.

En secrétaire efficace, Melanie avait organisé l'envoi des papiers remplis et du passeport de Johanna au consulat chinois de Londres dans l'après-midi et lui avait gentiment proposé de s'occuper de son hébergement dans l'hôtel dans lequel descendait Augustin, offre que Johanna avait accepté avec plaisir, rassurée de se sentir accompagnée dans ses démarches. Elle s'était étranglée en découvrant le prix de son séjour, mais elle avait la sensation qu'elle se rapprocherait un peu de son mari en logeant dans une chambre dans laquelle il avait potentiellement dormi.

— Johanna ! Bonsoir ma chérie ! Que me vaut l'honneur de cet appel ?

Johanna ne releva pas le sarcasme dans la voix de sa mère et s'exhorta mentalement à rester calme.

— Bonsoir Maman. J'espère que je ne te dérange pas ?

— Tu sais bien que c'est l'heure de *N'oubliez pas les paroles* ! Mais bon, ce n'est pas grave, la candidate chante trop mal, elle me casse les oreilles.

— Ah, je n'en ai pas pour longtemps, rassure-toi.

— Oh, je me méfie de ce ton ! Je sens que je ne vais pas aimer ce que je vais entendre ! Je me trompe ?

Comment sa mère arrivait-elle toujours à la percer à jour ? Johanna inspira un bon coup et se lança dans des explications alambiquées, cherchant à tout prix à atténuer l'effet de l'annonce de son absence pour Noël. Ses efforts furent vains, et sous le coup de la colère, Patricia ne se contrôla plus.

— Mais ma pauvre fille, tu crois vraiment que tu es la seule à avoir été trompée par ton mari ? Dans le milieu d'où il vient, c'est même quelque chose de complètement normal ! C'est même les pères qui initient leurs fils, j'ai vu un reportage là-dessus. Alors oui, ton Augustin n'était pas si parfait que ça, mais ce n'est pas une raison pour courir après sa maîtresse et abandonner ta famille ! Et puis, il est mort, il faut que tu tournes la page !

Un uppercut en plein ventre aurait été moins violent pour Johanna que ces paroles.

— Maman, comment peux-tu être si méchante ? articula-t-elle, le souffle court. Je comprends que tu sois déçue, mais rien ne justifie que tu me parles de cette façon.

Et sans un mot de plus, elle reposa le combiné.

Le téléphone sonna presque instantanément. Sa mère devait être furieuse qu'elle lui ait de nouveau raccroché au nez. Cela devenait une habitude !

Johanna était cependant trop bouleversée pour éprouver une quelconque culpabilité. Elle attrapa son manteau et se précipita chez Lisa.

19

Leo, les yeux rivés sur l'écran de son portable, lui ouvrit la porte sans remarquer sa mine défaite.

— Salut Jo ! Maman n'est pas là, elle est sortie avec Richard.

— Ah bon.

Johanna, déçue, s'apprêtait à rentrer chez elle, lorsque Millie débarqua dans l'entrée en s'exclamant :

— Jo ! Super ! Tu viens manger les pizzas et regarder le film avec nous ?

L'idée de ne pas se retrouver seule à ruminer lui parut très tentante.

— Euh…je ne sais pas, je ne voudrais pas vous déranger dans votre soirée de jeunes…

— Mais n'importe quoi, tu ne nous déranges jamais, hein Leo ?

Millie donna un coup de coude à son frère pour le faire sortir de son monde virtuel.

— Hein, quoi ?

Son regard passait de l'une à l'autre sans comprendre.

— Tu es d'accord pour que Jo reste avec nous ce soir ?

— Bien sûr, si elle veut, dit-il en haussant les épaules.

Puis il se tourna vers Johanna, en la menaçant gentiment du doigt, le sourire en coin.

— Mais tu n'as pas ton mot à dire sur le choix du film. Et tu ne manges pas toutes les pizzas, compris ?

Johanna sourit.

— Décidément, toujours aussi charmant cet ado ! Ne t'inquiète pas, je serai aussi discrète qu'une souris ! Merci beaucoup pour cette généreuse invitation.

Un peu plus tard, le ventre plein, Johanna se lova contre Millie sur le canapé, pendant qu'Archie sélectionnait le film sur lequel ils avaient fini par se mettre d'accord. Elle se sentait bien, entourée de ces trois enfants qu'elle avait vu grandir et qui la dépassaient désormais tous en taille. Son petit mètre soixante, et leur hérédité rendait la chose aisée !

— Alors, vous avez eu l'occasion de rencontrer Richard ? Il m'a l'air d'être un gars plutôt sympa, non ?

La réponse de Leo fusa.

— Il s'habille trop mal, mais il est cool !

— Ouais, ça change des nazes qu'elle ramène d'habitude, renchérit son frère.

Millie, ne voulant pas être en reste, ajouta :

— Maman est super heureuse et elle ne s'énerve pas aussi vite que d'habitude, et ça, c'est génial !

— Pourvu que ça dure…, marmonna Archie.

Lorsque Lisa rentra un peu avant vingt-et-une heures, elle trouva Johanna endormie sur le canapé et ses enfants se préparant pour aller au lit comme elle leur avait demandé.

Elle intercepta Archie qui sortait de la salle de bain.

— Qu'est-ce qu'elle fait là ? Elle va bien ?

— Ouais, t'inquièt' ! Je crois qu'elle avait juste besoin de compagnie. Elle s'est endormie devant le film et on n'a pas osé la réveiller.

— Vous avez bien fait ! Allez, filez vite au lit, il y a école demain.

Une fois ses enfants couchés, Lisa retourna au salon et secoua doucement son amie pour la réveiller. Il fallut quelques secondes à Johanna pour reprendre ses esprits et réaliser où elle se trouvait.

Lisa se moqua gentiment.

— Alors, « Les gardiens de la Galaxie » t'ont passionnée à ce que je vois ?

— Si je me base sur les dix premières minutes, ce n'était pas mal du tout ! Et la bande-son m'a bien bercée. Et toi, tu as passé une bonne soirée ?

— On est juste allés au pub, mais c'était bien agréable. Ça faisait longtemps que je ne m'étais pas sentie aussi bien avec un homme, Jo. Il est tellement attentionné, il est trop mignon ! Je n'aurais jamais pensé tomber amoureuse d'un mec comme lui !

— Je suis heureuse pour toi, ma Lisa ! Un peu jalouse, mais vraiment heureuse que tu aies choisi un homme bien pour une fois !

Lisa attrapa Johanna pour la serrer dans ses bras.

— Oh ma Jo, je suis désolée de te narguer avec mon amoureux. Mais tu sais que je suis toujours là pour toi ! Même si je reconnais que ce soir, ce sont plutôt mes enfants qui ont répondu présents !

— Ils sont tellement géniaux, tes gosses ! Avec la mère qu'ils ont, c'est assez incroyable !

Lisa rit.

— Cela doit être l'influence bénéfique de leur tante Jo !

— T'as tout compris, s'esclaffa Johanna.

— Bon, tu ne m'as toujours pas dit pourquoi tu étais venue ce soir ? Pour quelque chose en particulier ou juste un besoin de compagnie ?

La colère et l'émotion submergèrent Johanna à nouveau à mesure qu'elle rapporta la tournure catastrophique qu'avait pris sa conversation avec sa mère.

— J'aurais juste besoin qu'elle me comprenne un peu…

— Jo, je crois vraiment qu'il faut que tu arrêtes d'espérer. Tu sais comment elle est, et ce n'est pas à son âge qu'elle va changer. Je te parie qu'elle ne se rappelle déjà même plus ce qu'elle t'a balancé sous le coup de l'énervement, alors que cela reste ancré en toi. Laisse couler et continue à avancer dans ta vie, en essayant de faire ce qui est le mieux pour toi, même si cela déplaît à ta mère. Tu as trente-six ans, tu es une adulte et tu n'as pas besoin d'avoir sa bénédiction pour chacune de tes actions !

— Je sais bien que tu as raison, mais c'est plus facile à dire qu'à faire. Tu as tellement de la chance d'être proche de ta mère !

— Tu sais très bien qu'on passe notre temps à s'engueuler et qu'on ne peut pas être plus de deux heures dans la même pièce sans que l'une de nous ne pique une crise de nerfs !

— Oui, mais elle t'a toujours soutenue au moindre coup dur !

— D'accord, mais cela ne l'empêche pas de me traiter comme une gamine de cinq ans et de remettre en cause mes choix. Ceci dit, elle a souvent eu raison !

Cette dernière remarque fit rire les deux amies, puis Lisa reprit :

— Donc, c'est sûr, tu as pris ta décision, tu vas aller rencontrer cette femme ? C'est quoi déjà son nom, je n'arrive pas à me le mettre dans la tête !

— Jia-Li. Ça y est, j'ai pris mes billets et je me suis occupée du visa aujourd'hui, je ne peux plus faire marche arrière. Je suis morte de trouille à l'idée de partir aussi loin toute seule. Mais je sens au plus profond de moi que c'est ce que je dois faire.

— Fonce alors ! J'aimerais vraiment pouvoir venir avec toi. Mais il faut bien que quelqu'un tienne la boutique pendant ton absence. Et puis, je ne crois pas que mon banquier aurait été ravi… Mais tu auras intérêt à me faire un compte-rendu détaillé chaque jour !

— Promis. Et toi, pendant mon absence, profite bien de ton Richard ! Moi aussi, je veux tout savoir ! Enfin, tout ce qui est racontable !

— Promis !

20

Johanna faisait les cent pas en attendant son taxi. Elle avait déjà vérifié plusieurs fois si son passeport était bien dans son sac et regardait sa montre toutes les cinq minutes. Lisa lui avait proposé de l'accompagner, mais connaissant son manque de ponctualité, elle avait préféré décliner son offre. Autant ne pas ajouter de stress inutile !

Lorsque le taxi se rangea enfin devant sa maison, elle se précipita à l'extérieur, ne laissant pas au chauffeur le temps de sortir de sa voiture. Elle remercia la providence d'être tombée sur un homme taciturne qui ne chercha pas à engager la conversation durant les quarante-cinq minutes que dura le trajet jusqu'à l'aéroport de Birmingham et elle tenta sans grand succès de se détendre.

A cette heure de la journée, le trafic était chargé mais elle avait prévu de la marge et arriva très en avance pour son vol à destination de Paris. Elle eut le temps de passer aux toilettes et réprima un sourire en entendant une petite fille française demander une dizaine de fois d'une voix aiguë à sa mère, qui essayait de la faire taire d'un ton embarrassé, si celle-ci faisait pipi ou caca.

Son premier vol, ainsi que son transfert, se déroulèrent sans encombre. Il était vingt-trois heures lorsqu'elle embarqua pour Shanghai. Elle avait choisi un siège côté couloir pour pouvoir se lever librement et ne pas déranger ses voisins. Ces derniers étaient un jeune couple et Johanna eut un pincement au cœur en surprenant le regard amoureux qu'ils échangèrent au moment du décollage. Il lui semblait que c'était hier qu'Augustin et elle s'envolaient pour leur premier grand voyage. A l'époque, elle adorait prendre l'avion et elle se rappelait le cri de joie qui lui avait échappé lorsqu'il lui avait offert des billets pour New York pour son anniversaire.

Sentant fondre sur elle la tristesse et la déprime, Johanna s'efforça de chasser ce souvenir heureux et de s'intéresser au guide sur Shanghai qu'elle avait commandé quelques jours auparavant et n'avait eu ni le temps ni la motivation de consulter avant son départ. Elle ne s'expliquait pas vraiment pourquoi elle n'avait jamais ressenti l'envie de découvrir cette ville avec Augustin. Il lui avait pourtant proposé plusieurs fois de l'accompagner, mais elle avait toujours eu une bonne raison pour décliner son offre. Peut-être avait-elle inconsciemment senti qu'elle n'y avait pas sa place…

Cette fois-ci, c'était très différent. Elle avait l'impression de marcher dans les pas d'Augustin et, malgré l'angoisse de prendre l'avion et de voyager seule dans un pays dont elle ne parlait pas la langue, elle avait hâte de rencontrer Jia-Li et d'entendre ce qu'elle avait à lui dire. Il allait falloir néanmoins qu'elle patiente jusqu'au samedi après-midi, donc autant occuper son temps en jouant les touristes.

Après avoir parcouru le guide dans les grandes lignes, elle décida de consacrer son vendredi à la visite du quartier de la Concession Française, sentant qu’elle aurait besoin de se raccrocher à quelque chose qui se rapprocherait du monde qu’elle connaissait.

Pendant qu'elle mangeait son plateau repas, elle regarda une comédie sans prétention, puis elle réussit à dormir quelques heures.

À son arrivée à l'aéroport international de Shanghai, elle fut soulagée d'être attendue par un coursier de l'hôtel, comme l'avait organisé Melanie très gentiment pour elle. Il était dix-huit heures, la nuit était déjà tombée sur Shanghai et Johanna se sentait perdue. Les buildings défilaient derrière les vitres, de plus en plus hauts à mesure qu'ils se rapprochaient du quartier moderne de Pudong dans lequel elle allait loger. Elle était impressionnée par tous les éclairages, qui lui rappelèrent New York pour la deuxième fois en vingt-quatre heures.

Elle fut également saisie par le luxe de l'immense hall d'accueil de l'hôtel. Elle comprenait pourquoi Augustin l'appréciait ! Le personnel était charmant, ce qui la rassura et elle fut rapidement installée dans une chambre au décor sobre et raffiné. Une grande baie vitrée lui offrait une vue magnifique sur le Bund éclairé, sur l’autre rive du fleuve Huangpu. Elle avait appris grâce à sa lecture du guide, que ce boulevard du centre historique de Puxi, bordé de somptueux édifices d'architecture européenne datant de l’époque coloniale, était devenu depuis les années 1990, l’une des attractions touristiques majeures de Shanghai avec sa promenade surélevée longeant le fleuve, très fréquentée à cette heure de la journée. Johanna observa avec un mélange de fascination et de répulsion, cette marée humaine se déplaçant en deux courants contraires, semblant danser une valse aux mouvements désynchronisés et saccadés. Après quelques instants, elle s'arracha à ce spectacle et décida d'aller découvrir la piscine de l'hôtel.

Quelques brasses dans le bassin désert la délassèrent et elle se sentit suffisamment en forme pour faire un petit tour du quartier. Elle marcha au hasard des rues, entraînée par la foule qui se pressait autour d'elle. Elle comprit après s'être fait une belle frayeur, qu'elle devrait faire attention en traversant si elle ne voulait pas se retrouver à l'hôpital, les voitures et les deux-roues très nombreux forçant allègrement le passage même lorsque le feu était vert pour les piétons.

Saoulée par toute cette agitation, elle choisit la facilité en s'achetant un sandwich dans une supérette avant de retourner le manger dans sa chambre. Elle se promit d'être plus aventureuse le lendemain et de tester la cuisine chinoise qu'Augustin aimait tant.

Lorsqu'elle ouvrit les yeux le vendredi matin, elle fut surprise de découvrir qu'il était déjà huit heures. Elle pensait qu'elle aurait du mal à dormir avec le décalage horaire et l'excitation, mais elle se sentait reposée et sereine.

Johanna se prépara rapidement et descendit prendre son petit-déjeuner. Elle resta ébahie devant l'abondance de nourriture proposée. Elle n'avait jamais vu un buffet aussi gargantuesque, proposant cuisines occidentale et chinoise. Elle se régala avec des nouilles de riz cuites dans un bouillon de légumes, des fruits exotiques et une gaufre nappée de chocolat.

Une fois rassasiée, sac à dos sur les épaules, baskets aux pieds et guide dans les mains, elle quitta le confort de l'hôtel pour affronter sa première journée de tourisme en solitaire.

Le ciel était gris et la température ne dépassait pas les dix degrés. Après une quinzaine de minutes de marche, elle repéra l'entrée de la station de métro que lui avait indiquée le concierge de l'hôtel. Elle suivit les autres usagers et montra le contenu de son sac à une femme en uniforme à l'air revêche, avant de franchir un portail de sécurité et d'accéder à un grand hall. Une traduction anglaise figurait sur la plupart des panneaux et Johanna s'inséra dans une longue queue qui sillonnait entre deux barrières devant les distributeurs de tickets.

Elle eut quelques secondes de panique en arrivant enfin devant une borne dotée d'un écran tactile, sur lequel s'affichait une carte, où s'entremêlaient les nombreuses lignes du réseau et où le nom des stations n'étaient écrit qu'en caractère chinois. Des larmes lui brouillèrent la vue, elle se sentit complètement stupide et perdue. Elle était prête à abandonner ses projets de visite et à courir se réfugier dans l'ambiance feutrée et rassurante de l'hôtel, lorsqu'elle entendit une voix dans son dos.

— Je peux vous aider Madame ? lui demanda un jeune homme souriant dans un anglais teinté d'un fort accent.

Une vague chaude de soulagement l'envahit.

— Oh oui, merci !

Johanna essuya ses larmes d'un revers de main et tenta de reprendre contenance.

— Je voudrais me rendre à la station « South Huangpi Road », mais je n'arrive pas à la retrouver sur cette carte, je ne sais pas lire le chinois.

— Pas de problème, Madame. Vous pouvez appuyer sur ce bouton pour avoir la version anglaise, la rassura l'inconnu.

La carte devint instantanément plus lisible et Johanna se sentit un peu bête de ne pas avoir repéré cette option toute seule.

— Merci beaucoup Monsieur pour votre aide. C'est très gentil à vous.

— De rien, Madame. Bienvenue à Shanghai !

21

— Pourquoi je ne peux pas venir avec toi Māmā ? Je n'ai pas envie d'aller chez Madame Gao !

— Je sais ma chérie, mais je n'ai pas le choix. J'ai un rendez-vous très important et je ne peux pas t'emmener avec moi. Mais je te promets que je ne serai pas longue.

Jia-Li comprenait la déception de sa fille. Si Madame Gao était très gentille, elle attendait cependant de Mei qu'elle reste assise sagement à jouer dans un coin, sans s'en occuper réellement. Mei, qui heureusement était capable de dessiner pendant des heures, ne s'en plaignait jamais, mais Jia-Li savait qu'elle trouvait parfois le temps long et elle ne pouvait pas l'en blâmer. Madame Gao présentait néanmoins le double avantage d'habiter l'appartement à côté du leur et d'accepter une rémunération peu élevée.

— Allez Mei, dépêche-toi, je ne veux pas être en retard. On fera un jeu ensemble quand je rentrerai, d'accord ? On pourrait par exemple jouer aux dominos ? Ou au Memory des bébés animaux ? Tu es très forte pour retrouver les paires !

Mei retrouva le sourire. Elle adorait ce jeu qu'Augustin lui avait offert pour son quatrième anniversaire.

— C'est vrai ça, je suis très forte, je suis sûre que je vais gagner !

Tout en maintenant l'attention de sa fille concentrée sur toutes les merveilleuses choses qu'elles feraient à son retour, Jia-Li finit de la préparer et la déposa sans encombre chez la voisine quelques minutes plus tard.

Une fois dans la rue, l'appréhension la gagna.

Quel serait l'état d'esprit de Johanna ? Différents scénarios défilaient dans sa tête. Allait-elle accepter ses explications ? Allait-elle seulement l'écouter ou arriverait-elle à leur premier rendez-vous avec la volonté d'en découdre avec celle qu'elle devait sûrement considérer comme une traîtresse ?

Jia-Li s'efforça de caler sa respiration sur ses pas pour se calmer.

Sois positive Jia-Li ! Regarde, le soleil est de sortie et t'accorde sa clémence ; il en sera de même avec Johanna.

Elle lui avait donné rendez-vous à quatorze heures, sur la place principale à l'extérieur des Yùyuán Gardens, un des meilleurs exemples de jardins de la dynastie Ming du pays. Elle avait volontairement choisi ce lieu très touristique du Vieux Shanghai, dans lequel les personnes de sa connaissance se rendaient rarement, pour que leur duo se fonde dans la masse et passe inaperçu.

Ayant maintes fois étudié les photos de Johanna sur le téléphone et l'ordinateur d'Augustin, elle était sûre de la reconnaître sans difficulté malgré la foule.

Elle l'aperçut en effet immédiatement et pris quelques secondes pour l'observer avant d'oser s'approcher. La distance qui les séparait ne l'empêchait pas de lire sur le visage à peine maquillé de Johanna, les stigmates de l'épreuve qu'elle traversait. Engoncée dans une épaisse doudoune noire, un bonnet camouflant en partie sa chevelure châtain foncé, elle était accoudée à une rambarde de pierre, insensible en apparence aux bousculades des touristes qui se pressaient autour d'elle. Elle semblait plongée dans ses pensées, le regard rivé sur le jet d'eau qui animait le bassin central. L'insouciance et le bonheur qui se dégageaient des clichés de Johanna que Jia-Li avait scrutés avec envie s'étaient envolés.

— Johanna ?

En entendant son prénom prononcé d'une voix timide, celle-ci se retourna instantanément.

— Jia-Li ?

Les deux femmes s'observèrent longuement. Ils leur semblèrent que le brouhaha ambiant s'estompait, que les badauds s'écartaient et qu'une bulle se formait autour d'elles. Elles étaient de taille égale et leurs regards, l'un bleu clair, l'autre marron profond, à même hauteur, ne se détachaient pas.

Une larme coula sur la joue de Johanna et rompit le charme.

— Venez, suivez-moi, dit Jia-Li en appuyant sa demande par un petit geste de la main.

Elle éprouvait le désir soudain d'échapper à la foule. Elle guida Johanna, déboussolée et docile, à travers le bazar adjacent aux jardins. Ses allées, bordées de boutiques et de restaurants installés dans des bâtiments à l'architecture d'inspiration classique, aux toits recourbés et aux façades bordeaux, marrons et blanches garnies de quelques décors dorés, grouillaient de promeneurs et de vendeurs tentant d'attirer le chaland en brandissant T-shirts, friandises et autres gadgets en plastique.

Une fois sorties du bazar, elles traversèrent quelques rues encombrées de scooters et de vélos avant d'atteindre l'entrée d'un petit parc. La quiétude qui y régnait contrastait avec l'agitation qu'elles venaient de quitter. Elles remontèrent un petit sentier pavé sinueux et débouchèrent dans une petite forêt de bambous.

— J'aimais beaucoup venir ici lorsque j'étais étudiante, expliqua Jia-Li, en s'installant sur un banc et en faisant signe à Johanna de s'asseoir à ses côtés. Cela m'apaise de voir un peu de verdure. Ce parc s'appelle Gucheng Park, mais pour moi, c'est le « Paradis des chats ». Ils règnent ici en maîtres et se cachent un peu partout dans les massifs de fleurs.

Au même instant, un matou à la fourrure blanche tachetée de roux émergea d'un buisson qui n'avait pas perdu ses feuilles malgré la saison et traversa l'allée devant elles, indifférent à leur présence.

Jia-Li le laissa disparaître avant de reprendre :

— Merci d'avoir accepté de me rencontrer.

Johanna répliqua d'un ton désabusé.

— Je n'avais pas vraiment le choix ! Vous avez refusé de répondre à mes questions par écrit.

— Je m'en excuse, dit Jia-Li d'un air contrit. Et je reconnais que j'ai agi de manière un peu égoïste. Augustin m'a tellement parlé de vous que je désirais réellement vous rencontrer.

Johanna la regarda interloquée :

— Augustin vous parlait de moi ?

— Évidemment ! Il parlait beaucoup de vous. J'ai d'ailleurs l'impression de déjà bien vous connaître.

— J'avoue que je ne comprends rien à cette situation ! Quelle était votre relation avec mon mari ? Pourquoi ai-je trouvé des photos de vous dans sa valise ? Qui est la petite fille ? Qui êtes-vous ?

— Johanna, dit Jia-Li doucement, laissez-moi s'il vous plaît vous raconter mon histoire.

22

Le regard de Jia-Li se voilât de mélancolie alors qu'elle entamait son monologue, le visage tourné vers le ciel. Elle avait vécu cet instant tant de fois en pensée durant les derniers jours, que les mots lui vinrent sans effort.

— Je suis née à Shanghai il y a presque vingt-neuf ans. Je suis la fille unique de Monsieur et Madame Sun, des commerçants qui avaient une petite quincaillerie dans le quartier de Gubei, à l'ouest de la ville. J'ai eu de la chance, car même s'ils auraient préféré, du moins je le pense, avoir un garçon, mes parents, des gens simples mais à l'esprit très ouvert, m'ont choyée et m'ont poussée à faire des études pour que j'aie une meilleure vie que la leur. Il faut dire qu'ils avaient eu beaucoup de mal à me concevoir et que ma mère avait déjà dépassé la trentaine lorsque je suis arrivée. J'étais donc leur bébé miracle. J'ai eu une enfance heureuse. Mes parents étant très occupés par leur travail, ce sont mes grands parents paternels qui se sont beaucoup occupés de moi. Ils ont vécu avec nous, dans notre minuscule appartement, jusqu'à leurs décès à quelques mois d'intervalle lorsque j'avais seize ans, et je les adorais. Je partageais une petite chambre avec eux. Le matin, je me faufilais dans leur lit et nous jouions aux cartes jusqu'à ce que ma mère me force à me préparer pour l'école.

J'étais une élève moyenne, excepté en anglais, matière dans laquelle j'excellais. J'ai fait des études de secrétariat et grâce à mon bon niveau en langues, j'ai obtenu rapidement une place chez Delta Architecture dans un gratte-ciel de Pudong. Mes parents étaient très satisfaits de mon ascension sociale et espéraient que cela me permettrait de me trouver un bon mari.

J'étais également gonflée de fierté. A tel point que j'ai commencé à avoir honte de mes origines populaires et de mon apparence. J'ai pris un prénom américain, Lucy. Je me suis mise à éviter mes amies d'enfance, leur préférant mes nouvelles collègues que je trouvais tellement plus sophistiquées. J'ai mis des couches de fond de teint pour rendre ma peau plus blanche. Je me suis même renseignée sur les opérations pour débrider mes yeux. Le prix m'en a heureusement découragé ! Bref, j'étais une jeune sotte écervelée.

Mes collègues se retrouvaient régulièrement au café à la sortie du travail et je les accompagnais dès que je le pouvais. Elles s'installaient toujours à une table exposée aux regards, espérant ainsi attirer l'attention d'un des nombreux Occidentaux travaillant dans le secteur et fréquentant cet établissement. Dans l'esprit de mes nouvelles amies, les étrangers étaient plus riches et plus romantiques que leurs homologues chinois, ce qui leur permettrait, si elles arrivaient à se faire passer la bague au doigt par l'un d'eux, d'avoir une vie plus agréable et plus aisée.

J'ai moi aussi commencé à rêver au prince charmant et quand l'un d'entre eux s'est intéressé à moi, je me suis crue transportée en plein conte de fées. Je le prenais pour un acteur américain, avec sa mâchoire carrée et ses cheveux blonds.

C'était la première fois qu'un homme me faisait des compliments et je suis tombée follement amoureuse de lui. Il me disait qu'il m'aimait, qu'il allait faire de moi sa femme. Mais qu'en attendant d'officialiser notre union, il fallait que l'on reste discret, pour ne pas éveiller les jalousies. J'étais tellement naïve, je l'ai cru et j'ai caché à tout le monde cette relation. Je mourrais d'envie d'en parler, cependant la peur de le perdre m'a aidée à garder le secret.

J'ai assez vite surmonté ma pudeur et accepté de le retrouver à son appartement. Du moins ce que je pensais être son appartement. J'ai appris plus tard qu'il s'agissait en réalité de celui de l'un de ses amis, qui le lui prêtait en fermant les yeux sur ses fréquentations.

Durant plus d'une année, j'ai vécu une double vie. La journée, j'étais une employée modèle et la sage fille de Monsieur et Madame Sun. La nuit, je devenais femme dans les bras de mon amant. Je mentais à mes parents, leur disant que je dormais chez une amie et je n'en éprouvais aucune gêne. Je me disais qu'il m'emmènerait aux États-Unis et que j'aurais la belle vie.

Lorsque je me suis aperçue que j'étais enceinte, j'étais persuadée qu'il en serait ravi. Après tout, il me répétait sans cesse que j'étais belle et que nos enfants seraient magnifiques.

Je n'ai toutefois pas pu lui annoncer tout de suite la nouvelle, car il était rentré en Californie pour deux mois pour une raison que j'ignorais et je n'avais aucun moyen de le contacter. Cela aurait dû me mettre la puce à l'oreille, bien sûr !

À son retour, j'étais ravie de le retrouver. Sa réaction n'a malheureusement pas été celle que j'escomptais. Il est entré dans une colère noire, m'a traitée de tous les noms, m'a accusée de lui avoir tendu un piège. Il a même douté d'être le père de l'enfant que je portais !

Je ne comprenais rien, je ne l'avais jamais vu comme cela. Je tentais de me justifier, je lui jurais qu'il était le seul homme avec qui je n'avais jamais couché. Je lui rappelais que c'était lui qui m'avait convaincue d'avoir des rapports non protégés, en me promettant qu'il serait vigilant.

Je lui disais que j'étais prête à me marier et à le suivre au bout du monde…

J'entends encore résonner le rire chargé de mépris qui a accueilli ma déclaration. « Ma pauvre fille, mais tu croyais vraiment que j'allais t'épouser ! Mais regarde-toi, tu es pathétique ! Je dois reconnaître que tu es mignonne, mais franchement, tu n'as pas le standing pour être ma femme ! »

Il profita de mon état de sidération pour me mettre à la porte sans ménagement, tout en me conseillant de me débarrasser de l'enfant.

J'ai évidemment tenté de le revoir, j'avais l'espoir fou qu'il réalise son erreur et me revienne. Je lui aurais tout pardonné, j'aurais tout accepté. Mais j'ai vite découvert que toute notre histoire n'était qu'une immense supercherie et que tout ce qu'il m'avait raconté sur lui, sur sa vie, son travail, son domicile, et même son nom, n'était qu'une succession de mensonges. L'homme que j'avais aimé n'existait pas.

Vous vous demandez peut-être comment j'ai appris tout cela ? C'est très simple, après m'avoir vu errer comme une âme en peine en bas de son immeuble nuit et jour pendant une bonne semaine, l'ami propriétaire de l'appartement que mon amant empruntait, eut pitié de moi et me révéla la vérité. J'appris également la raison de son absence prolongée à l'époque où je découvrais ma grossesse : sa femme - oui, vous avez bien entendu, sa femme, car ce sale type était marié - venait d'accoucher de leur premier enfant !

Je ne trouve pas les mots pour vous expliquer ce que j'ai ressenti. J'étais brisée.

Je ne sais pas où j'ai trouvé la force de continuer à me lever tous les matins et de jouer la comédie à tout le monde. J'avais tellement honte, je me sentais sale et misérable. À mes parents qui s'inquiétaient de mon manque d'appétit et d'entrain, je répondais que cela n'était qu'un peu de surmenage.

Je ne parlais à personne de la petite vie qui grandissait en moi, mais qui, sentant peut-être qu'elle devait être discrète, arrondissait à peine mon ventre. Je n'avais pas pu m'en « débarrasser », comme me l'avait suggéré son géniteur. Je n'avais pas su vers qui me tourner et ma grossesse était déjà, dans tous les cas, trop avancée.

Mes sentiments envers ce futur bébé étaient très ambivalents. Certains jours, je me disais qu'il était la source de tous mes malheurs. D'autres, je m'imaginais le serrant contre mon cœur en lui chantant des berceuses.

Jia-Li s'interrompit, les joues rougies par la rage et l'émotion. Le temps avait passé mais n'avait pas effacé la douleur, et l'évocation de son passé lui restait difficile. Elle lança à Johanna un coup d'œil timide.

— Je suis désolée d'être si longue, mais j'ai besoin que vous compreniez ma situation à cette période-là, car c'est dans ce contexte que ma relation avec Augustin a commencé. Vous n'avez pas trop froid ?

Une épaisse couche de nuage s'était formée et les faibles rayons de soleil qui perçaient, peinaient à réchauffer l'atmosphère hivernale. Le récit de Jia-Li avait toutefois tellement fasciné Johanna, que cette dernière, d'ordinaire si frileuse, en avait oublié ses mains et ses pieds gelés.

— Non, non, ça va, continuez ! s'empressa de répondre Johanna. Qu'entendez-vous par « votre relation avec Augustin » ? Et ce bébé, c'est la petite fille des photos ? Ce n'est donc pas l'enfant d'Augustin ?

Jia-Li lui sourit et reprit ses explications.

Johanna tendit son buste en avant en un réflexe inconscient, soucieuse de n'en rater aucune miette et impatiente de connaître la suite de l'histoire. La voix fluette de Jia-Li et son accent aux tonalités étrangères l'obligeaient à redoubler d'attention.

23

Perdus dans le brouillard, les bateaux illuminés naviguant sur le fleuve Huangpu semblaient voler tels des vaisseaux fantômes. Des immeubles aux contours indistincts de l'autre rive ne parvenaient que quelques faisceaux de lumière colorés, et l'ensemble rappelait à Johanna un tableau impressionniste.

Elle était rentrée frigorifiée de sa rencontre avec Jia-Li et avait plongé sous la douche avec délice. Désormais emmitouflée dans un peignoir douillet et installée dans un fauteuil près de la baie vitrée dans la pénombre de sa chambre, où seule une petite lampe de bureau diffusait un faible halo blanc, elle tentait de mettre de l'ordre dans ses idées. Le mal de tête lancinant qui ne l'avait pas quittée de la journée était monté en intensité, rendant sa réflexion difficile, et les cachets d'aspirine qu'elle avait avalés tardaient à faire effet.

Les événements des dernières quarante-huit heures lui paraissaient tellement irréels qu'elle se demandait si elle les avait vraiment vécus.

Était-ce elle qui s'était promenée longuement dans les rues de Shanghai la veille, découvrant avec étonnement des décorations de Noël un peu partout dans les rues et les devantures de magasins, alors qu'elle pensait échapper ici à toute référence à cette fête qui ne relevait pas de la tradition chinoise ? Elle s'était sentie très seule en ce vingt-cinq décembre, et même si elle avait apprécié la visite, le manque d'un compagnon de voyage s'était cruellement fait sentir. Elle aurait aimé partager son ressenti à la découverte de cette ville pleine de contrastes, où se mêlaient modernité et archaïsme, boutiques au luxe tapageur et échoppes faites de bric et de broc.

Elle avait tenté de raconter, le soir au téléphone, les sous-vêtements étendus sans complexe sur des séchoirs suspendus au-dessus des trottoirs, les odeurs inconnues plus ou moins alléchantes, les poissons, anguilles et autres crapauds vivants entreposés dans des bassines à l'extérieur des poissonneries, l'atmosphère calme et européenne du quartier de l'ancienne concession française, aux ruelles bordées de platanes qui offraient une détente appréciable,… Mais ses interlocuteurs, absorbés par les festivités, l'avaient écoutée d'une oreille distraite. Sa mère avait de toute façon refusé de lui parler, encore vexée par son choix de partir à l'autre bout du monde plutôt que de les rejoindre pour une réunion familiale sacrée à ses yeux. Cela n'avait pas surpris Johanna, mais cela l'avait affectée. Quant à Julie et Sébastien, ils lui avaient bien fait sentir qu'à cause d'elle, l'ambiance était très tendue, ce qui n'avait fait qu'aviver sa culpabilité.

Même Lisa ne lui avait pas accordé l'attention qu'elle espérait, trop pressée de l'informer d'une incroyable nouvelle : Richard lui avait offert une bague de fiançailles !

— Déjà ? s'était étranglée Johanna. Mais vous vous connaissez à peine ! C'est du grand n'importe quoi !

— C'est ultra romantique tu veux dire ! C'est bien la première fois qu'un homme m'offre une bague ! Alors tu permets que je savoure. Et rassure-toi, on ne va pas se marier tout de suite…

— Encore heureux !

—… non, on va attendre que tu rentres de Chine… !

— Mais c'est quoi ce délire ! T'es complètement tarée ! Vous ne vivez même pas ensemble. Imagine-toi… je ne sais pas, moi… tiens, si tu découvres après quelques jours de cohabitation, que ton Richard est un gros porc, qui en met partout autour des toilettes et ne nettoie jamais après ! Ou pire, s'il t'annonce pendant la nuit de noces que sa vieille mère en fauteuil roulant va s'installer avec vous et qu'il faudra lui changer ses couches !

Lisa avait à ce stade interrompu sa diatribe par un hurlement de rire.

— Mais je déconne, ma Jo ! T'as démarré au quart de tour, dis donc ! À croire que tu n'as pas une haute opinion de ma santé mentale, avait-elle rigolé.

— Il ne t'a pas offert de bague alors ? l'avait interrogée Johanna, gênée de s'être emportée de la sorte.

— Ah si, la bague, ça, c'est vrai ! Je vais t'envoyer une photo, elle est trop belle. Elle est en argent, avec trois diamants incrustés.

— Ouah, il ne s'est pas fichu de toi ! Et donc, cette jolie bague n'est pas une bague de fiançailles ?

— Bah, oui et non… Il n'a jamais prononcé le mot « fiançailles ». Ceci dit, il m'a écrit un poème…

— Il t'a écrit un poème ? l'avait coupée Johanna. Mais il vit dans quel siècle ce mec ? Il ne te l'a pas déclamé sous ton balcon en jouant de la mandoline pendant que tu y es ?

— Mais t'arrêtes avec ton sarcasme !

Johanna avait compris au ton de sa voix qu'elle était allée trop loin et avait tenté de se rattraper.

— Excuse-moi Lisa ! Je suis nulle de réagir comme ça. C'est super que Richard soit un homme si attentionné. Alors, il disait quoi ce poème ?

— Je ne sais pas si j'ai encore envie de te le dire, avait boudé Lisa.

— Allez, s'il te plaît ! Je suis vraiment désolée, je devrais me réjouir pour toi au lieu d'être jalouse et de me moquer. Pardonne-moi si j'ai manqué de tact.

Il n'était pas dans le tempérament de Lisa de rester fâchée très longtemps, surtout avec sa meilleure amie, et elle lui avait révélé le contenu du poème avec joie.

À l'écoute des rimes pauvres mais dégoulinantes d'amour, la vision d'un adolescent victime de son premier coup de foudre, écrivant en cachette à la fille de ses rêves, s'était imposée à l'esprit de Johanna, rendant d'autant plus touchante l'initiative de Richard.

— Alors, t'en penses quoi ? l'avait questionnée une Lisa aussi excitée qu'une puce.

— Ma foi, ce n'est pas avec ça qu'il gagnera le prix Nobel de littérature, mais on peut dire qu'il y a mis tout son cœur ! Comment il dit, déjà ? « In your beautiful eyes, I admire all the colours of the sky [1]». Ma belle, aucun doute, ce mec t'a dans la peau !

— Ouais je sais ! Et t'es d'accord pour dire que ça ressemble un peu à une demande de fiançailles non ? Surtout quand il dit : « Be my one, from now on ; Together, forever[2] ».

— Disons qu'avec ça et la bague, c'est vrai que cela fait deux gros indices, avait convenu Johanna. Je maintiens cependant, que même si Richard a l'air génial, vous ne devriez pas vous précipiter. Ce n'est pas comme si vous étiez obligés de vous marier pour vous fréquenter. Et comme si tu n'avais pas déjà vécu plusieurs déconvenues avec les mecs ! Moi, je te conseille d'en profiter au max tout en continuant à vivre dans le péché ! Il sera toujours temps d'officialiser la chose quand vous vous connaîtrez mieux.

— Comme d'habitude, tu as raison !

— Et comme d'habitude, tu n'en feras qu'à ta tête !

Leur conversation avait duré encore un peu, avant que Lisa ne soit rappelée à l'ordre par Jane, qui désespérait de voir sa patronne reprendre enfin du

---

[1] Dans tes yeux magnifiques, j'admire toutes les couleurs du ciel.

[2] Sois mienne, à partir de maintenant ; ensemble, pour toujours.

service pour l'aider à répondre aux demandes incessantes de la clientèle très nombreuse en ce jour de Noël.

Johanna avait ensuite passé la soirée à imaginer sa première rencontre avec Jia-Li le lendemain. Elle ne savait pas à quoi s'attendre et toutes sortes de scénarios avaient défilé dans sa tête. Aucun ne s'était révélé correspondre à la réalité des échanges qui s'étaient déroulés entre elles plus tôt dans la journée. Leur conversation au parc avait duré plus de deux heures et elle en était ressortie déboussolée. Elle avait encore du mal à intégrer toutes les confidences de cette femme. D'ailleurs, disait-elle seulement la vérité ?

Johanna, se redressa dans son fauteuil et replia ses pieds sous ses cuisses pour les réchauffer. Son mal de tête s'était enfin atténué. Sous ses paupières fermées défilaient des images de Jia-Li, petite silhouette gracile déroulant le fil de sa vie.

24

— Chez Delta-Architecture, je faisais partie d'un pôle de deux secrétaires qui s'occupait des collègues occidentaux lors de leur séjour à Shanghai. Je connaissais ainsi un peu Augustin. Il était toujours poli et souriant, cependant nos rapports étaient purement professionnels.

Avec tous mes problèmes personnels qui me préoccupaient et m'empêchaient de me concentrer, les dossiers s'étaient accumulés sur mon bureau. J'avais donc pris l'habitude de prolonger mes journées de travail après le départ de mes collègues. J'appréciais le calme de l'open space, qui contrastait avec le brouhaha permanent qui y régnait d'ordinaire. C'était également un bon moyen d'échapper aux regards inquisiteurs de mes parents, ainsi qu'à leur pression pour que je me trouve enfin un mari. Ici, il est très mal vu pour les jeunes femmes de rester célibataires après vingt-cinq ans. Mes parents, voyant que je me rapprochais de cet âge fatidique sans être engagée dans une relation et s'inquiétant du regard négatif qui serait porté sur notre famille, s'étaient lancés dans une véritable campagne pour trouver le candidat idéal ! Je vous laisse imaginer l'impasse dans laquelle je me trouvais…

Un soir, alors que je pensais être seule à l'étage, j'entendis soudain un bruit provenant de la salle de repos. Je me dis tout d'abord qu'il devait s'agir du personnel de ménage. Le bruit cependant se prolongea et m'intrigua.

Chassant ma légère appréhension, je décidais d'aller voir d'où provenait ce son inhabituel. Je fus très surprise de trouver Augustin en pleurs, la tête cachée entre ses bras repliés sur la table. Je restais quelques minutes indécise sur le pas de la porte, profondément gênée d'être témoin de son désarroi. Je n'avais jamais vu un homme pleurer et je ne savais comment réagir.

Je tentais de m'éclipser avant qu'Augustin ne remarque ma présence, mais ce dernier, se sentant probablement observé, releva la tête. Lorsque nos regards se croisèrent, je lus dans le sien une profonde tristesse, qui faisait écho à la mienne. Nous n'échangeâmes néanmoins pas un mot ce soir-là.

Johanna ne put s'empêcher de l'interrompre, sceptique :

— Vous avez vu Augustin pleurer ? Cela m'étonne, cela ne lui ressemble pas ! C'était quand ? Et vous avez su pourquoi ?

La compassion qu'elle lut dans les yeux de Jia-Li lorsque celle-ci lui répondit la troubla.

— C'était il y a environ cinq ans, le jour de votre fausse couche…

Johanna se figea à l'évocation de ce qui avait été l'un des épisodes les plus douloureux, mais également l'un des plus intimes de son existence.

— Vous êtes au courant de ça ? souffla-t-elle. *Mais qui était cette étrangère qui semblait si bien la connaître ?*

— Augustin est venu me trouver quelques jours après que je l'eus surpris. Nous étions de nouveau les derniers au bureau. Il a commencé par s'excuser pour son moment de faiblesse, regrettant que j'en ai été témoin. Alors que je le rassurais sur ma discrétion, il m'avoua subitement la cause de son désarroi. C'était comme si les mots avaient jailli de sa bouche d'eux-mêmes, comme si le poids de son chagrin était trop lourd à porter. Il semblait bouleversé de ne pas être à votre côté pour vous supporter dans cette terrible épreuve ! J'étais horriblement mal à l'aise face à cet homme, cet étranger - mon supérieur qui plus est ! - qui dévoilait sa douleur sans pudeur. J'ai balbutié quelques mots de réconfort, qui sonnaient faux à mon oreille, mais qui eurent pour effet de lui faire réaliser l'incongruité de la situation et il s'éclipsa sans délai.

Johanna se représentait la scène et eut un élan d'amour pour Augustin, le roc sur lequel elle s'était appuyée si souvent, qui avait souffert autant qu'elle de leur incapacité à donner la vie, mais qui avait toujours cherché à cacher sa propre souffrance pour la protéger.

— Cela a été une épreuve pour lui comme pour moi, reconnut Johanna. Je suis cependant surprise qu'il se soit confié à vous comme ça.

— Je comprends que cela puisse vous surprendre, et je crois qu'Augustin s'est étonné lui-même. Il a d'ailleurs regretté son impulsion et m'a évitée autant que possible durant le reste de son séjour à Shanghai. C'est seulement à son retour quelques semaines plus tard que le hasard de la vie nous a réunis une nouvelle fois.

— Que voulez-vous dire ?

— Nous nous sommes retrouvés tous les deux seuls dans un ascenseur à la sortie du bureau, tard un soir. Je m'étais sentie mal toute la journée et alors que nous arrivions au rez-de-chaussée, je me suis évanouie. Augustin a juste eu le temps de me rattraper avant que je ne m'écroule sur le sol. Lorsque je me suis réveillée quelques secondes plus tard, j'étais allongée sur une banquette dans le hall d'entrée et le gardien de l'immeuble avait déjà prévenu les secours. Je sentais un liquide visqueux couler entre mes cuisses. J'ai tâté mon pantalon et à la vue du sang sur mes doigts, la panique m'a envahie. De ma main non souillée, j'ai agrippé celle d'Augustin, accroupi à mes côtés. A l'arrivée de l'ambulance, je n'ai pas réussi à le lâcher et, comprenant ma détresse, il m'a accompagné à l'hôpital.

En entendant ces mots, Johanna, incrédule, réalisa qu'Augustin lui avait raconté cet épisode, mais qu'avec le temps, il s'était effacé de sa mémoire.

— Oh mon Dieu, je me rappelle cette histoire ! Augustin était tout chamboulé !

— Le pauvre, je crois qu'il n'a pas vraiment compris ce qui lui arrivait. Surtout que dans la confusion, l'équipe médicale l'a pris pour mon mari !

J'avoue que je n'ai pas démenti. Le courage m'a manqué pour assumer mon statut honteux de mère célibataire. Je me disais que de toute façon, cela ne porterait pas à conséquence puisque j'allais perdre le bébé.

— Vous avez perdu le bébé ?

— Non. Mes saignements étaient dus à un important décollement du placenta, ce qui m'a valu deux semaines de repos complet, mais mon petit bout avait une furieuse envie de vivre et s'est solidement accroché.

— Et cet enfant, c'est donc bien la petite fille qui figure sur les photos que j'ai trouvées ?

Un sourire ému se dessina sur le visage de Jia-Li.

— Oui, c'est bien elle. Ma Mei, ma princesse de quatre ans, mon petit miracle. Ce soir-là, dans l'ambulance qui fonçait à travers la ville, toutes sirènes hurlantes, j'ai compris à quel point, malgré la situation impossible dans laquelle me mettait cette grossesse, j'aimais déjà cette petite vie plus que tout.

Pour avoir vécu elle-même une situation similaire, avec malheureusement une issue moins favorable, Johanna comprenait l'émotion de Jia-Li. Désireuse cependant d'avoir enfin des réponses à toutes ses questions, elle se refusa à céder au sentimentalisme.

— Si je comprends bien, Augustin n'est donc pas le père de Mei ?

— Oui… et non.

Cette réponse énigmatique fit sortir Johanna de ses gongs.

— Bon, ça suffit maintenant ! Vous allez arrêter de me balader et enfin tout me dire ! J'ai été très patiente mais je commence à en avoir ras-le-bol de vos secrets ! Alors je vais répéter ma question une dernière fois et je veux une réponse claire, ok ? Augustin est-il, oui ou non, le père de Mei ?

Si cet emportement de colère surprit Jia-Li, celle-ci n'en montra rien.

— Johanna, répondît-elle d'un ton calme et apaisant, je sais que mes explications vous paraissent longues. Mais la situation est compliquée et exige que je prenne le temps de vous donner tous les éléments nécessaires pour vous permettre de comprendre comment nous en sommes arrivés là.

— Arrivés où exactement ? A ce que vous me piquiez mon mari ? A ce que vous me fassiez venir jusqu'ici, pour finalement tourner avec lâcheté autour du pot pendant une heure et chercher par tous les moyens à justifier vos agissements immoraux ? Allez, un peu de courage, crachez le morceau !

Johanna fulminait et l'apparente sérénité de Jia-Li ne faisait que renforcer son énervement. Elle se leva d'un bond et se mit à arpenter de long en large le petit espace dégagé devant le banc. A défaut de la calmer, cela réactiva la circulation du sang dans ses membres gelés.

Jia-Li la laissa se défouler quelques secondes, avant de l'interpeller gentiment.

— Johanna, s'il vous plaît, écoutez-moi. Je ne vous ai pas volé votre mari. La chance a mis sur mon chemin cet homme merveilleux à un moment où je croyais que plus rien de bon ne pouvait m'arriver. Il m'a sauvée, et je pense que d'une certaine façon, je l'ai sauvé aussi.

— Mais qu'est-ce que vous racontez ? Sauvé de quoi, de qui… de moi ? Je suis fatiguée de vos propos ambigus ! Pourquoi n'avouez-vous donc pas tout simplement que vous étiez sa maîtresse ? Parce que c'est bien de cela qu'il s'agit, non ?

Johanna avait interrompu ses va-et-vient. Les deux femmes se faisaient face et s'affrontaient du regard.

— Je n'ai jamais été la maîtresse d'Augustin, articula Jia-Li, déterminée à convaincre Johanna de sa bonne foi. Notre relation était purement amicale et fraternelle. C'est vous qu'il aimait, je peux vous l'assurer. Je peux aussi vous confirmer qu'il n'est pas le père biologique de Mei. Cependant, il est légalement son père, puisqu'il l'a reconnue peu après sa naissance. Pour Mei, il est le seul, l'unique et le meilleur papa du monde.

Les paroles de Jia-Li mirent du temps à pénétrer le cerveau de Johanna. Quand elles y parvinrent, elles lui firent l'effet d'une décharge électrique. Elle s'affala sur le banc, incapable de prononcer un seul mot.

25

En arrivant dans le hall des arrivées de l'aéroport de Birmingham le mercredi matin, assommée par le long voyage durant lequel elle avait à peine dormi, Johanna découvrit avec ahurissement qu'un petit comité d'accueil l'attendait. Il n'était composé que de trois personnes ; cependant ces dernières ne passaient pas inaperçues, au milieu de la foule clairsemée de chauffeurs de taxi et autres chasseurs d'hôtel attendant sagement leurs clients, avec leurs déguisements de Père et Mère Noël, leur bannière de bienvenue géante, leurs langues de belle-mère stridentes et leurs exclamations de joie.

Dès qu'ils l'aperçurent, Lisa, Millie et Paul se précipitèrent sur elle, menaçant de l'étouffer sous leurs assauts. Étourdie par l'exubérance de ses amis et leurs questions qui fusaient sans souci de réponse, Johanna se laissa guider jusqu'à leur voiture comme dans un rêve.

Elle resta silencieuse durant tout le trajet du retour jusqu'au restaurant, savourant la sérénité que lui apportait le spectacle de la campagne anglaise, lavée par une pluie matinale et scintillante sous la caresse des timides rayons du soleil hivernal. Elle avait l'impression de respirer enfin librement, après quatre jours en apnée dans l'atmosphère bétonnée et polluée de Shanghai et se laissait bercer par le bavardage de ses amis, qui, ayant vite compris qu'elle avait besoin d'un peu de temps pour se reconnecter avec son environnement, avaient renoncé à l'inclure dans leurs discussions.

Son arrivée au Red Lion déclencha de nouvelles effusions et manifestations joyeuses. Lisa avait pris la liberté de privatiser le pub pour quelques heures, afin d'organiser un petit buffet de Noël avec leurs amis communs. Paul s'était surpassé en cuisine et les tables débordaient de mets délicieux.

Johanna, quoique gênée de faire l'objet de tant de sollicitude, était ravie de ces retrouvailles. Tel un enfant prodigue, fêtée comme si elle les avait quittés depuis des années alors que son voyage n'avait en réalité duré qu'à peine six jours, elle passa d'un groupe à un autre, répétant jusqu'à saturation les mêmes anecdotes sur son aventure à l'autre bout du monde mais éludant avec habileté toute question relative à sa rencontre avec « la mystérieuse Chinoise ». Elle ne se sentait pas prête à partager les révélations de Jia-Li, ayant encore elle-même du mal à les assimiler. Même Lisa n'avait eu droit qu'à un résumé sommaire de la situation.

La nuit était déjà tombée lorsqu'elle rentra enfin chez elle. Il n'était qu'un peu plus de cinq heures de l'après-midi, mais elle était exténuée et elle s'écroula dans son lit.

Au petit matin, la pluie tambourinant violemment sur ses fenêtres la tira d'un sommeil perturbé. Il lui fallut quelques secondes pour réaliser qu'elle se trouvait chez elle et non plus dans une chambre d'hôtel. Elle savoura la chaleur familière de ses draps et se laissa le temps de rassembler suffisamment d'énergie pour affronter la longue journée qui l'attendait, avant de se lever. Le restaurant affichait complet en ce dernier jour de l'année et elle savait d'expérience qu'elle n'aurait pas la chance de se reposer beaucoup durant les prochaines quarante-huit heures. D'année en année, la formule dîner-spectacle qu'elles proposaient attiraient de plus en plus de monde, tout comme leur brunch spécial du premier janvier. Cela ne lui laisserait pas le loisir de penser à ses soucis personnels, ce qui n'était pas pour lui déplaire.

Elle rejoignit ses collègues en fin de matinée et comme prévu, n'eut pas une minute à elle. Absorbée par sa tâche et désireuse de satisfaire ses clients, elle se glissa dans son rôle de patronne sans souci, distillant ordres et encouragements à son équipe. Mis à part un incident mineur - deux convives éméchés, installés aux extrémités opposées d'une tablée de dix personnes, ayant démarré une bataille de choux de Bruxelles vite contrôlée par les serveurs - la fête se déroula sans encombre et tout le monde repartit en les félicitant pour la qualité du repas et de l'animation.

Lisa, Jane, Paul et Johanna dormirent sur place sur des matelas de fortune afin d'optimiser leur temps de repos. Les jeunes femmes avaient eu l'excellente idée de faire installer un coin douche à l'arrière de la cuisine lorsqu'elles avaient racheté le pub, ce qui leur permirent de se rafraîchir à l'aube, avant d'entamer leur nouvelle journée marathon. Ils n'eurent que quelques heures pour remettre la salle en état et s'activer derrière les fourneaux. Johanna apportait la dernière touche à la décoration des tables, lorsque les premiers clients de l'année franchirent le seuil du restaurant. A partir de cet instant, elle fut prise dans un tourbillon, accomplissant simultanément une multitude de tâches et répondant de son mieux aux sollicitations de chacun. Lorsqu'elle émergea du Red Lion peu après minuit pour rentrer chez elle, elle se sentait transformée en zombie. Elle monta le son de son autoradio pour se maintenir éveillée et poussa un soupir de soulagement en se garant devant sa maison. Elle n'aurait pas pu lutter contre ses paupières lourdes beaucoup plus longtemps. Elle ignora sa valise non défaite qui l'attendait toujours dans l'entrée, et se dépêcha de se coucher.

Les deux journées suivantes furent encore chargées et ce n'est que le lundi, jour de fermeture du restaurant, que Lisa retrouva enfin Johanna chez elle pour un moment en tête-à-tête. Lisa n'y alla pas par quatre chemins et entreprit de cuisiner son amie à peine après avoir franchi la porte d'entrée.

— Alors, cette Jia-Li, tu crois vraiment qu'elle n'a jamais couché avec Augustin ?

— Eh bien, c'est ce qui s'appelle faire preuve de tact Miss Johnson ! répliqua Johanna, en retournant vers la cuisine, où elle était en train de préparer une salade pour leur déjeuner.

— Oh, excuse-moi, mais tu me connais, je vais droit au but ! lança Lisa, en la rejoignant après avoir enlevé ses chaussures boueuses et son manteau.

Johanna, penchée au-dessus de l'évier pour rincer des carottes, lui jeta un regard sévère, telle une maîtresse d'école grondant un enfant indiscipliné.

— J'avais remarqué, oui ! Ça va que c'est toi, et que je sais que tu ne pensais pas à mal, mais ce serait quand même bien que tu apprennes un jour les règles de la bienséance !

— Trop tard, je suis une cause perdue ! Bon, alors, tu me réponds ?

— Laisse-moi d'abord finir de râper mes carottes. Et arrête de picorer dans le saladier !

Lisa leva les mains en affichant une mine faussement coupable et envoya un baiser dans les airs pour se faire pardonner ses mauvaises manières.

Une fois attablée devant une belle assiette, Johanna entreprit de satisfaire la curiosité de son amie.

— Cela va peut-être te surprendre, mais je pense qu'elle dit la vérité quand elle affirme qu'il n'y a pas eu de rapports physiques entre eux. Cela n'empêche qu'ils avaient l'air d'être assez proches, et ça, c'est un peu dur à digérer.

— Tu m'étonnes ! Je serais folle de rage à ta place !

— Oui, je sais, mais curieusement, je ne me sens pas en colère. Je suis triste que mon mari m'ait exclue d'une partie de sa vie, mais pas en colère. D'abord, parce que c'est difficile, épuisant et stérile d'en vouloir à quelqu'un qui n'est plus là, avec lequel on ne peut plus se disputer, argumenter et espérer au final se réconcilier. Ensuite, parce que Jia-Li m'a dit des choses qui m'ont fait beaucoup réfléchir sur ma propre responsabilité dans le fait qu'Augustin n'ait pas réussi à me dire la vérité.

En entendant ces paroles, Lisa, qui s'apprêtait à enfourner une grosse bouchée de pain, interrompit son mouvement, sa main restant en suspension devant ses lèvres, et écarquilla les yeux d'incrédulité :

— Alors là, c'est la meilleure ! Comment cela pourrait-il être de ta faute ? Elle ne se serait pas un peu déchargée de sa culpabilité sur toi, cette Jia-Li ?

— Non, ce n'est pas ça du tout. Elle semblait sincère et je crois qu'elle aurait vraiment préféré que ce soit Augustin qui me raconte tout. Elle l'a apparemment incité plusieurs fois à tout me dire et il était désireux de m'avouer son existence, ainsi que celle de Mei. C'est pour cela qu'il trimballait les photos dans sa valise depuis quelques temps.

— Mouais, fit Lisa, sceptique. Excuse-moi de te le dire, mais perso, j'ai du mal à gober tout ça. Je ne vois pas pourquoi elle aurait voulu que tu découvres sa relation avec Augustin. C'était quoi son intérêt dans l'histoire ? Elle avait tout à perdre si tu le prenais mal et si tu interdisais à ton mari de les revoir, non ?

— Tu ne comprends pas, s'agaça Johanna. Cela n'a rien à voir avec un banal adultère. C'est bien plus complexe que cela !

Elle se releva et s'approcha de la porte-fenêtre qui donnait sur son jardin. Laissé à l'abandon depuis l'accident, il offrait un spectacle morose sous un ciel bas et gris. Les chaises de jardin, qu'elle n'avait pas rangées pour l'hiver, avaient été balayées par le vent et gisaient abandonnées au milieu de la pelouse négligée. Johanna laissa son regard vagabonder, essayant de trouver les mots pour expliquer l'inexplicable.

26

Jia-Li ne trouvait pas le sommeil. Elle était pourtant épuisée, mais son corps était perclus de douleurs et son esprit refusait de se mettre au repos. Ses échanges avec Johanna avaient réveillé de nombreux souvenirs et elle revivait inlassablement les événements qui avaient modifié le cours de sa vie et conduit Augustin à prendre le rôle de père pour Mei.

Elle n'oublierait jamais la première fois où, après sa reprise du travail après ses deux semaines d'arrêt suite à son décollement du placenta, Dai Min, sa voisine de bureau, avait fait allusion ouvertement devant elle à la prétendue liaison qu'elle entretenait avec Augustin. Elle avait vite compris qu'ils avaient eu la malchance d'être aperçus par une collègue, venue rendre visite à un proche malade, alors qu'Augustin lui tenait la main sur le brancard. Il n'en avait pas fallu plus pour que l'ensemble de l'open space soit informé de leur prétendue relation. Jia-Li en avait été mortifiée, elle qui détestait faire des vagues. Elle avait bien tenté de démentir, mais le mal était fait. Et la découverte de sa grossesse trois jours plus tard n'avait fait qu'enfler la rumeur. On ne lui connaissait aucun mari ou petit ami, il avait donc été évident pour tout le monde que le père du bébé était Augustin. Ce dernier, semblant ignorer tout des insinuations dont il faisait l'objet, n'avait fait que les amplifier en interceptant régulièrement Jia-Li dans les couloirs pour prendre de ses nouvelles, lors de son retour à Shanghai. Elle l'avait évité autant que possible, ce qui était loin d'être une tâche aisée puisqu'elle était censée travailler pour lui.

Quand elle repensait à cette période, Jia-Li ne voyait qu'un trou noir, au fond duquel le poids du désespoir, de la honte et de la solitude, avait bien failli la jeter. Seule la petite vie innocente s'accrochant coûte que coûte à ses entrailles l'avait retenue de commettre l'irréparable.

La veille du départ d'Augustin pour l'Angleterre, elle avait rassemblé tout son courage et lui avait demandé s'ils pouvaient se retrouver après le travail pour discuter. Il avait paru surpris mais avait accepté gentiment, l'invitant même à manger au Din Tai Fung de Pudong, un restaurant réputé pour ses délicieux raviolis.

Jia-Li avait été soulagée que le serveur leur propose une petite table au fond de la salle, où ils risquaient un peu moins d'être vus par des éventuels collègues fréquentant l'établissement.

Une fois installés et la commande passée, Jia-Li était entrée directement dans le vif du sujet. Elle avait expliqué à Augustin sa situation compliquée de future mère célibataire, son mensonge à l'hôpital concernant sa relation avec lui et la rumeur qui circulait au bureau. Elle lui avait annoncé également qu'elle avait beaucoup réfléchi et qu'elle avait décidé de démissionner, ne supportant plus la situation et ne souhaitant pas porter préjudice à un homme qui ne le méritait pas. L'air abasourdi d'Augustin lui avait confirmé qu'il ne s'attendait pas à de telles révélations.

Pendant les quelques minutes de silence gêné qui s'étaient installées, elle n'avait pu détacher son regard de sa main, masculine malgré des doigts effilés, caressant sa nuque par intermittence en un mouvement inconscient. Elle apprît avec le temps que c'était le signe chez lui d'une intense réflexion.

S'il avait été déstabilisé par ses propos, elle le fut d'autant plus de la tournure que prit leur conversation quand Augustin retrouva la parole.

— Que va-t-il se passer pour vous et votre bébé ?

Cette simple question, posée par un homme bon et bienveillant, avait tout changé. Avec lui, elle avait senti ses défenses tomber et elle s'était confiée comme elle ne l'avait jamais fait avec quiconque auparavant. Leur conversation s'était prolongée bien après la fin de leur repas et ils furent les derniers à quitter le restaurant. A ce stade, ils avaient déjà convenu que lors de son prochain séjour à Shanghai, Augustin l'aiderait à tenter d'obtenir du géniteur un support matériel et financier, à défaut d'une reconnaissance de l'enfant. Jia-Li était terrorisée à l'idée de cette confrontation, mais Augustin l'avait convaincue du bien-fondé de cette action et assurée de son soutien.

Augustin avait tenu parole. Dès son retour, il l'avait recontactée pour organiser la mise en œuvre de leur plan. Ils avaient attendu l'Américain plusieurs soirs au bas de l'immeuble dans lequel Jia-Li et lui avaient partagé de nombreuses heures d'intimité. Elle n'avait aucune certitude de le trouver là. Peut-être avait-il renoncé à utiliser l'appartement de son ami pour commettre ses infidélités. Mais contrairement à ce qu'elle avait cru un temps, elle ne connaissait rien de sa vie et ne savait pas où le chercher, à part dans ce lieu qu'elle abhorrait désormais.

Le jeudi arriva. Ils avaient déjà attendu presque deux heures. Elle allait proposer à Augustin d'abandonner, lorsqu'elle l'avait finalement aperçu remontant la rue, une jeune fille pendue à son bras, comme elle-même l'avait été quelques mois auparavant.

Elle gardait un souvenir flou de l'enchaînement des évènements qui avaient suivi. Elle se rappelait le goût amère de la bile remontée au fond de sa gorge, la nausée qui lui coupait les jambes alors qu'elle s'était avancée au-devant du couple, la présence rassurante d'Augustin à ses côtés, la panique et l'incompréhension qui s'étaient dessinées sur le beau visage de l'Américain, la violence de l'altercation entre les deux hommes, les cris aigus de la jeune inconnue qui tentait vainement de s'interposer, les éclats de voix. Elle ne savait pas combien de temps leur lutte avait duré, comment ils s'étaient calmés et les paroles qu'ils avaient échangées. Elle avait vécu la scène comme une spectatrice extérieure et passive. A un moment, Augustin l'avait soulevée du trottoir sur lequel elle s'était affalée en lui disant que tout était réglé et l'avait installée dans un taxi. Elle était tellement hébétée, qu'elle n'avait pris la mesure de ce que lui avait expliqué Augustin sur le trajet du retour jusqu'au logement de ses parents, que le lendemain au réveil. Par elle ne savait quel miracle, ou plutôt quel pouvoir de persuasion, il avait obtenu un versement de 100 000 dollars de dédommagements, en échange de la promesse de ne jamais chercher à le recontacter.

— Mais comment pouvez-vous être sûr qu'il tiendra sa parole et qu'il versera bien cette somme exorbitante ? avait-elle interrogé Augustin dès qu'elle avait pu se retrouver seule avec lui dans son bureau.

Un petit sourire en coin et le regard pétillant de malice, Augustin la rassura :

— Ne vous inquiétez pas pour ça, il va payer. J'ai réussi à lui voler une de ses cartes de visite lors de notre petite bagarre. Je connais donc son véritable nom et ses coordonnées. Il s'appelle Barry Williams. Je lui ai renvoyé un petit message ce matin pour lui rappeler que s'il ne tenait pas son engagement, je me ferais un plaisir de contacter son épouse pour lui révéler les agissements de son gentil mari.

— C'est un vrai chantage !

— Oui, mais dans la vie, on n'obtient rien sans forcer parfois un peu les choses !

Jia-Li était confuse. L'homme qui se tenait devant elle, s'était transformé en une nuit en un maître chanteur ! Elle se sentait à la fois honorée et horrifiée. Est-ce que tous les hommes qui la croisaient étaient destinés à se transformer en monstre ? Qu'avait fait la femme américaine pour mériter qu'une telle menace pèse sur elle et risque de détruire sa vie ? Qui était-elle pour obtenir tout cet argent pour son bâtard au détriment de l'enfant légitime de son amant ?

Semblant lire dans ses pensées, Augustin se rapprocha d'elle et lui dit d'une voix basse :

— Jia-Li, cette somme que vous jugez exorbitante, n'est rien par rapport au préjudice que vous avez subi. Vous avez besoin de cet argent, et votre futur bébé y a droit ! Les hommes comme lui sont des vermines qui pensent pouvoir échapper aux conséquences de leurs actes. Il doit payer pour ce qu'il vous a fait, à vous mais très certainement aussi à d'autres femmes !

— Mais… et s'il cherchait à se venger ?

— Rassurez-vous, cet homme est un lâche ! Il ne veut surtout pas mettre en péril sa petite vie américaine bien rangée. Suite à mon email, j'ai reçu dans l'heure une réponse de son avocat. Il nous suffit, à vous et à moi, de signer une clause de confidentialité, garantissant que nous ne révélerons jamais son identité ni votre aventure, et l'argent sera à vous. Je peux vous parier que notre homme va ensuite très vite oublier ce qui n'est pour lui qu'une simple petite anicroche dans son parcours de serial lover, et reprendre son racolage auprès d'autres jeunes filles crédules.

Jia-Li aurait donné n'importe quoi pour le croire sur paroles. Mais la peur mit plusieurs années à disparaître. Longtemps après que le contrat eut été signé, que celui dont elle ne prononçait jamais le nom, même en pensée, préférant y faire référence en utilisant le terme générique de « l'Américain », eut versé la somme promise et qu'il eut disparu de sa vie, elle croyait parfois l'apercevoir dans la rue et elle rêvait encore régulièrement qu'il kidnappait Mei pour demander une rançon.

27

Majestueux et digne, le cygne glissait sur l'eau au rythme des marcheurs qu'il suivait à distance, espérant peut-être obtenir ainsi un peu de nourriture. Le vent qui soufflait en rafales et rabattait la pluie à l'horizontale ne semblait pas le perturber, contrairement à la petite troupe qui se hâtait le long du canal. Capuches rabattues sur la tête, corps penchés en avant pour lutter contre les éléments, le groupe avançait péniblement sur le chemin étroit et boueux.

On pouvait entendre à intervalles réguliers des jurons proférés à voix basse et des soupirs exaspérés.

N'écoutant pas leurs protestations virulentes et ne cédant pas face à leurs tentatives de l'amadouer, Lisa avait embarqué ses trois enfants pour une marche dès leur retour de l'école. Elle leur avait promis un châtiment terrible s'ils ne la suivaient pas, à savoir une privation totale d'écrans pour la semaine, ainsi qu'un bon chocolat chaud avec chantilly et mini marshmallows en récompense, une fois de retour à la maison.

— Tu sais que tu es un bourreau d'enfants et une manipulatrice ? lui avait reproché Archie en enfilant de mauvaise grâce ses bottes en caoutchouc et son blouson.

— Tout à fait, mon chéri ! Je te conseille d'ailleurs d'appeler les services sociaux au plus vite, pour te plaindre de ta mère qui ose te faire faire un exercice physique au grand air, plutôt que de te laisser te vautrer devant ta console en te gavant de chips !

— Très drôle, bougonna son fils, avant de sortir en claquant la porte.

A peine était-il parti que son frère avait pris la relève.

— Maman, j'ai un contrôle de maths demain. A cause de toi, je ne vais pas pouvoir réviser et faudra pas m'engueuler si j'ai une mauvaise note !

— Léo, mon cœur, je croyais que tu étais un génie qui obtenait toujours de très bons résultats sans rien faire ! Mais rassure-toi, j'ai une solution pour toi : tu pourras réviser autant que tu voudras en rentrant de notre petite balade, au lieu de jouer en réseau avec tes copains.

Lisa s'était retenue de rire en voyant la mine déconfite de son fils lorsqu'il réalisa qu'il s'était fait prendre à son propre piège. Penaud, Léo rejoignit son frère dehors sans demander son reste.

Lisa s'était alors tournée vers sa fille, qui se préparait le plus lentement possible pour repousser au maximum le moment du départ.

— Millie, des revendications à me soumettre ?

— Non, Maman. J'suis pas bête comme Archie et Leo, j'ai bien compris que t'étais pas d'humeur et qu'il valait mieux faire comme tu demandes, pour avoir la paix !

— Bien parlé, ma fille ! Mais dépêche-toi un peu, car moi, j'ai également bien compris que tu t'étais mise en mode escargot pour diminuer ton temps dehors.

Millie avait raison, Lisa était préoccupée par sa dernière discussion avec Johanna. Elle avait entraîné ses enfants dans cette virée sportive, non en raison de sa bonne conscience maternelle, mais parce qu'elle avait besoin de se défouler et qu'elle ne voulait pas le faire seule.

Lorsqu'ils revinrent chez eux une heure plus tard, ils étaient trempés et transis de froid. Pendant que ses enfants se changeaient, elle leur prépara le chocolat chaud promis et ajouta des tartines recouvertes d'une couche généreuse de pâte à tartiner en espérant qu'ils accepteraient ce petit geste de paix. Elle fut rassurée en entendant leurs exclamations ravies à la vue du festin qui les attendaient et n'en crut pas ses oreilles quand Archie reconnut que la marche lui avait ouvert l'appétit et que c'était bien agréable de manger après un effort.

Elle adorait partager ces petits moments de bonheur tout simples avec ses trois enfants. Les élever seule ou presque était loin d'être un long fleuve tranquille. Elle avait traversé des périodes très difficiles et elle avait parfois eu des envies de meurtre face à ces bouilles d'anges, qui savaient très bien sur quels boutons appuyer pour la faire entrer dans des rages folles.

Cependant, quand elle les regardait rire et se chamailler gentiment, son cœur débordait d'amour et elle remerciait la vie de lui avoir offert la chance d'être mère. Elle était persuadée d'être une meilleure personne grâce à eux et préférait ne pas imaginer ce qu'elle serait devenue si, comme celui de Johanna, son ventre était resté stérile.

Elle admirait la force de son amie qui, malgré cette blessure profonde, n'avait pas le cœur aigri et avait accepté avec gratitude la place privilégiée qu'elle lui avait laissée auprès de ses enfants. Johanna méritait tellement d'être heureuse ! Mais le sort semblait s'acharner sans raison contre elle et Lisa s'inquiétait du tour que prenait l'aventure chinoise. Contrairement à Johanna qui semblait croire tout ce que lui avait révélé cette Jia-Li, elle était sceptique sur les véritables intentions de cette étrangère et craignait que son amie ne sorte pas indemne de cette histoire. Elle avait essayé d'exprimer ses doutes cet après-midi, mais Johanna avait refusé de l'entendre et l'avait accusée de voir le mal partout.

Elles s'étaient quittées froissées, chacune campant sur ses positions. Ce n'était pas la première fois qu'elles se disputaient, mais Lisa sentait qu'une distance s'était installée entre elles et cela la rendait malheureuse. Elle voulait juste s'assurer que Johanna ne se laisse pas embarquer dans une relation néfaste.

Lorsqu'elle s'en était ouverte à Richard, qu'elle avait appelé en rentrant chez elle, ce dernier lui avait fait remarquer que, même s'il comprenait son envie de protéger son amie, son rôle n'était pas de prendre des décisions pour elle, mais de lui offrir son amitié sans condition et de l'accompagner quel que soit le chemin qu'elle déciderait de prendre. Elle avait été agacée par le ton de professeur de philosophie qu'il avait adopté pour lui répondre, mais avait fini par reconnaître qu'il avait raison.

En finissant de ranger la cuisine, Lisa se promit de retourner voir Johanna dès que ses enfants seraient couchés, pour s'excuser et l'assurer de son soutien quelle que soit la suite des évènements.

28

Le jour de la naissance de Mei, la chaleur était écrasante et la pollution saturait l'air. Jia-Li, le ventre tendu et les jambes gonflées, avait passé les quinze derniers jours allongée sur son lit, le ventilateur bloqué sur la vitesse maximum. Elle avait été relativement en forme pendant toute la durée de sa grossesse, mais les températures estivales et la moiteur qui s'étaient installées dans la ville à partir du début du mois de juin, avaient eu raison d'elle. Il lui semblait que son corps avait doublé de volume et elle se déplaçait avec peine dans son minuscule appartement.

Ses parents lui avaient proposé de revenir s'installer chez eux mais elle avait refusé catégoriquement. Leur relation était tendue depuis qu'elle leur avait appris sa grossesse et elle était ravie d'avoir pu, en utilisant une partie de l'argent de l'Américain, trouver un petit logement en location dans le quartier de Hongkou, où personne ne la connaissait.

Si sa mère désapprouvait totalement la situation dans laquelle sa fille s'était mise, elle refusait néanmoins de l'abandonner à son sort et passait tous les jours pour lui apporter à manger et l'aider à accomplir ses tâches ménagères.

Augustin lui rendait également visite dès qu'il le pouvait et une vraie complicité s'était nouée entre eux. Il l'appelait affectueusement Xiāo mèi, « petite sœur » en mandarin, et se comportait réellement en grand frère attentionné avec elle. Elle lui était reconnaissante de tout ce qu'il faisait pour elle et pour le futur bébé. Grâce à lui, et à l'argent qu'il avait obtenu pour elle de son amant, elle avait pu couvrir tous les frais de maternité sans souci. Mais l'essentiel était ailleurs : il lui avait offert, ainsi qu'à son futur enfant, une légitimité.

Elle avait eu peur de mal interpréter ses paroles lorsqu'il lui avait soumis son idée la première fois. Elle lui avait fait répéter plusieurs fois afin d'être sûre d'avoir bien compris. Cet homme, dont elle n'avait fait la connaissance que quelques mois auparavant, lui proposait de reconnaître son enfant ! Mais pourquoi ? Voilà la première question qu'elle lui avait posée lorsqu'elle avait enfin réalisé ce qu'il lui disait.

— Je me suis renseigné. Je sais à quel point votre situation de mère célibataire va être compliquée. Vous allez devoir payer une amende, je crois qu'ils l'appellent « frais d'assistance sociale » ou quelque chose comme ça. Par ailleurs, si j'ai bien compris, votre enfant ne pourra peut-être pas obtenir son hukou et sans ce permis, il n'aura pas d'existence légale et ne pourra pas aller à l'école.

— Je sais tout cela. Mais pourquoi voulez-vous m'aider à ce point ? Vous avez déjà fait tellement pour moi !

— Je sais que ce n'est pas rationnel et je ne suis pas sûr de comprendre moi-même ce qui se passe. Je vais vous paraître fou mais je sens que c'est mon devoir de vous aider. Je vous ai rencontrée alors que ma femme venait de perdre notre bébé et j'ai la certitude que ce n'est pas un hasard. C'est comme si la petite vie qui nous a été volée s'était réincarnée dans l'enfant que vous portez.

En entendant ces mots, Jia-Li l'avait regardé, effarée.

— Vous… vous voulez me voler mon bébé ?

— Non, non ! Ce n'est pas du tout ce que je voulais dire, s'était-il empressé de la rassurer.

Avant d'ajouter dans un murmure :

— Jo refuse de parler d'adoption de toute façon…

— Qu'est-ce que vous cherchez à faire alors ? Quelles sont vos intentions ?

— Je veux juste vous aider, Jia-Li ! Sans arrière-pensées, je vous le jure. Je me sens lié à ce bébé et je veux juste lui offrir le meilleur avenir possible. Et si cela passe par sa reconnaissance, je suis prêt à le faire.

— Et votre femme dans tout ça ? Vous lui avez parlé de moi, de ce bébé ?

Les épaules d'Augustin s'étaient affaissées et un voile de tristesse avait recouvert son beau visage. Lorsqu'il reprit la parole, Jia-Li cru reconnaître une fêlure dans sa voix.

— Johanna traverse une période extrêmement difficile. Je fais de mon mieux pour la soutenir et lui offrir tout mon amour. Mais je suis incapable de lui donner ce qu'elle désire le plus au monde : un enfant ! Cette fausse couche a été terrible pour elle, pour nous.

— Vous ne lui avez rien dit, c'est ça ?

— Je lui ai parlé de la fois où je vous avais accompagnée aux urgences suite à votre malaise. Mais je n'ai pas mentionné la relation qui s'était développée entre nous depuis. Je vais le faire, je veux seulement attendre le bon moment.

Jia-Li avait poussé un long soupir.

— Écoutez Augustin. Je vous remercie pour tout ce que vous faites pour moi. Je n'en reviens pas de la générosité de votre proposition. Je crois cependant sincèrement que vous êtes déboussolé en ce moment. Votre vie n'est pas ici, elle est auprès de votre épouse. Ne vous inquiétez pas pour moi et le bébé. Je sais que cela ne sera pas facile, mais vous avez déjà fait beaucoup. De plus, j'ai la chance d'avoir des parents, qui malgré leur réprobation et la honte que j'apporte sur notre famille, m'aiment assez pour continuer à me soutenir.

Augustin n'avait pas insisté. Il avait continué à prendre de ses nouvelles et à lui apporter des petites friandises lors de ses visites occasionnelles. Ayant démissionné de son poste chez Delta Architecture, elle avait beaucoup de temps libre et ressentait un ennui profond. Étant donné sa situation délicate, elle avait rompu les liens avec la plupart de ses amis et appréciait ses rencontres avec celui qu'elle considérait presque désormais comme un membre de sa famille. Même si elle avait refusé sa proposition de reconnaître son enfant, elle rêvait parfois qu'il était le vrai père de ce bébé. Tout aurait été tellement plus simple !

Il y avait autre chose qu'elle ne lui avait pas avoué et dont elle ne se sentait pas très fière. Une fois encore, elle avait menti par omission, en laissant se répandre dans le voisinage, la rumeur selon laquelle Augustin était son mari. Pour être tout à fait honnête, elle avait fait même plus que d'omettre de rétablir la vérité. Elle avait contribué au mensonge en expliquant, alors qu'une de ses voisines l'interrogeait sur les absences répétées de son prétendu conjoint, que ses longues absences étaient dues à un travail dans l'import-export exigeant de nombreux déplacements. Elle ne se serait pas crue capable d'un tel aplomb mais elle réalisait que son désir de protéger son enfant était déjà plus fort que tout.

Lorsque le jour de son accouchement arriva, Jia-Li sentit monter en elle une peur panique. Comment allait-elle assumer ce bébé ? Dans quelle situation s'était-elle fourrée ? Est-ce qu'elle trouverait un jour un homme qui accepterait de l'épouser et de reconnaître un enfant qui n'était pas le sien ? Qu'allait-elle répondre à son fils ou à sa fille lorsqu'il ou elle lui poserait des questions sur son père ? Pourquoi n'avait-elle pas réfléchi avant de s'embarquer dans toute cette histoire ?

Elle était tellement angoissée qu'elle se laissa guider dans un état second par sa mère, jusqu'à l'hôpital où elle avait rendez-vous pour sa césarienne.

Elle s'était tout d'abord opposée à cette intervention très répandue à Shanghai, mais sa dernière échographie avait révélé que l'enfant ne s'était pas retourné et que sa position en siège empêchait un accouchement par voie basse. Si elle en avait été contrariée au départ, elle y avait vu l'avantage de pouvoir fixer la date en fonction du planning d'Augustin, afin qu'il puisse venir voir le bébé au plus vite après sa naissance.

Rien ne l'avait préparée à l'émotion qu'elle ressentit lorsqu'on lui posa sa fille dans ses bras pour la première fois, après la césarienne qui s'était déroulée sans encombre. Elle ne pouvait détacher ses yeux de cette petite créature toute fripée. Elle était tellement belle, avec ses yeux clos en amande, son bout de nez à croquer, ses petites joues rebondies malgré un poids de naissance ne dépassant pas les deux kilos six, et sa masse de cheveux dressés en épi sur sa tête ronde.

Elle était encore en train de l'admirer lorsqu'Augustin était apparu dans la chambre en fin d'après-midi. Elle avait réussi à convaincre sa mère de rentrer chez elle pour se reposer, avant de revenir passer la nuit avec elle pour l'aider. Ses parents étaient au courant de l'existence du « Français », comme ils l'appelaient, mais elle n'était pas encore prête à organiser une rencontre entre eux. Malgré ses démentis virulents, elle savait que ses parents pensaient qu'il était peut-être le véritable père de l'enfant et elle ne souhaitait pas qu'Augustin ait à assumer la responsabilité de son déshonneur.

Pour la deuxième fois de sa vie, elle fut témoin des larmes d'Augustin.

— Oh Jia-Li, elle est magnifique ! Et minuscule !

— Tu veux la prendre ?

— Je peux ? Tu n'as pas peur que je la casse ?

— Bien sûr que non ! Tu m'as dit toi-même que tu étais un expert en bébés et que tu adorais t'occuper de tes neveux et nièces.

— Bon, d'accord.

Se penchant au-dessus du petit berceau, Augustin souleva délicatement la petite fille et l'installa confortablement au creux de son bras.

— Elle est tellement légère !

— Oui, c'est un poids plume, comme sa mère !

— Est-ce que tu as décidé comment tu allais l'appeler ?

Jia-Li lui sourit et acquiesça.

— Elle s'appelle Mei. Cela veut dire Fleur de prunier.

Augustin se pencha vers le bébé et susurra :

— Bonjour Mei. Quel doux prénom ! Je suis ravi de faire ta connaissance. Tu es magnifique et je te souhaite, ainsi qu'à ta māmā, tout le bonheur du monde.

En regardant le tableau qu'ils formaient tous les deux, Jia-Li sentit une énorme masse écraser sa poitrine. Elle pensait à Johanna, cette étrangère qui, de l'autre côté de la planète, aurait dû avoir la chance de vivre ce moment avec son mari. Tout cela n'était qu'une imposture. Elle était une usurpatrice et elle allait le payer.

Jia-Li était loin de se douter à cet instant que la vie lui réservait en effet une lourde punition…

29

Johanna adorait observer les gens et leur inventer une vie. Elle excellait dans cet exercice, pour le plus grand bonheur de ses neveux et nièces. A chaque fois qu'elle en avait la garde et qu'elle les emmenait en promenade, elle pouvait être sûre qu'à peine montés dans le bus ou le métro, l'un des enfants lui demanderait :

— Jo, Jo, pourquoi le gros monsieur, il rigole tout seul ?

— Ah lui, c'est Roger. Vous ne le connaissez pas ? Il est pourtant super connu. C'est le champion du monde des prouts. Et là, il rigole parce qu'il vient d'en faire un discret mais odorant, et que tout le monde pense que c'est le chien de la vieille dame assise en face de lui.

Explosion de rires des petits.

— Et la fille et le garçon là-bas, de quoi ils parlent ?

— Hmm, je ne sais pas si j'ai le droit de vous le dire, c'est un secret…

— Oh si, si, Jo, dis-nous ! On te promet qu'on le répétera à personne !

— Bon ok, mais je vous fais confiance, hein ! Motus et bouche cousue !

— Promis, juré !

Johanna devait se retenir de rire devant leurs petites mines tendues par l'impatience et l'excitation.

Ils savaient évidemment que tout cela était de la pure invention, mais c'était comme jouer à se faire peur.

— Alors, ils s'appellent Jeanne et Mathis. Ils sont super embêtés parce qu'ils devaient rendre visite à leur grand-mère et lui apporter une boîte de chocolats. Or ils ont été trop gourmands et ils ont tout mangé durant le trajet. Et maintenant, ils n'ont plus rien à offrir à leur mamie.

— C'est pas bien ça !

— Comment ils vont faire ?

— Ne vous inquiétez pas. Là, Mathis est justement en train de dire à Jeanne qu'il vient juste de se souvenir qu'il avait un peu d'argent dans sa poche. Donc ils vont pouvoir acheter quelque chose à la supérette en bas de l'immeuble de leur grand-mère avant de monter la voir.

— Ah, ouf !

Installée à une table de son restaurant italien préféré, Johanna repensait aux bêtises qu'elle avait raconté à ses neveux et nièces lors de sa dernière visite à sa sœur, qui remontait déjà à l'été dernier. Comme les choses avaient changé depuis ! Elle se demandait à présent ce qu'elle aurait inventé sur elle, si elle s'était observée maintenant : Amanda, trente-six ans mais en paraît dix de plus, vient d'apprendre que son mari la trompait et attend sa meilleure amie pour déblatérer sur cette ordure ; ou Cathy, trente-huit ans, célibataire endurcie, participe à sa première « blind date » …

Elle était sûre qu'elle n'aurait jamais deviné la réalité. Celle-ci dépassait souvent la fiction.

Alex apparut à la porte du restaurant, ce qui interrompit ses réflexions. C'est elle qui l'avait contacté pour lui proposer qu'ils se retrouvent pour dîner et il avait accepté, visiblement enchanté de la revoir. Elle éprouvait le besoin de se confier à quelqu'un en qui elle avait confiance et qui connaissait en partie son histoire, mais qui lui était assez étranger pour avoir une analyse neutre et objective de sa situation.

— Bonsoir Johanna, ravi de vous revoir, dit Alex en retirant son manteau, qu'il accrocha au dossier de sa chaise avant de s'asseoir.

— Bonsoir Alex. Merci d'avoir accepté mon invitation.

— C'est moi qui vous remercie de m'avoir fait sortir de ma tanière. J'ai rarement l'occasion de manger avec des jolies femmes.

— Arrêtez, vous allez me faire rougir ! Et je préfère vous prévenir, je ne suis pas de très bonne compagnie en ce moment…

— C'est parfait, mes amis disent la même chose de moi ! Espérons que nos deux négatifs donnent un résultat positif, comme dans une multiplication, et nous passerons une excellente soirée !

Ce vœu fût exaucé. La conversation fut aisée, leurs plats de pâtes délicieux et ils ne virent pas le temps passer. Quand le serveur leur apporta leurs cafés, Alex osa aborder le sujet qu'ils avaient évité tacitement durant tout le repas.

— Je peux vous demander comment s'est passée votre rencontre avec Jia-Li ? Vous m'aviez envoyé un message avant votre départ pour Shanghai, mais je n'ai pas eu de vos nouvelles depuis votre retour. Ce n'est pas que vous m'en deviez, mais je dois reconnaître que je me suis beaucoup demandé comment s'était déroulé votre voyage.

— Dépaysant, surprenant, loin de tout ce que je m'étais imaginée. Le plus étonnant étant les révélations de Jia-Li et le plus émouvant, ma rencontre avec Mei.

— Mei ?

— La petite fille de la photo.

— C'était donc bien ce que vous craignez ? Augustin a eu un enfant avec cette femme ?

— Eh bien, non ! Le père de l'enfant a abandonné Jia-Li en apprenant qu'elle était enceinte. Augustin est arrivé dans sa vie comme un sauveur juste au moment où elle en avait le plus besoin. Et où lui-même avait désespérément besoin de s'accrocher à quelque chose de positif, alors que notre couple traversait une passe difficile suite à ma fausse couche.

— Je ne suis pas sûr de tout comprendre…

— Augustin a vu dans sa rencontre avec Jia-Li, un signe du destin. Il l'a donc prise sous son aile et l'a notamment aidée à obtenir du père de l'enfant une compensation financière.

— Ok, je vois. Mais pourquoi ne vous-a-t-il pas raconté tout cela ? Il n'y avait rien de honteux dans ses actions. Au contraire !

— Je crois qu'il n'a pas su comment me le dire au début, étant donné l'état psychologique lamentable dans lequel je me trouvais à cette période. Puis quand son engagement auprès de Jia-Li et de Mei s'est intensifié, il s'est retrouvé enferré dans son mensonge et il n'a plus osé m'en parler pendant longtemps. Je pense cependant qu'il a essayé récemment de ramener le sujet sur le tapis, mais que je n'ai pas voulu comprendre, car je n'étais pas prête à l'entendre.

— Vraiment ?

— Oui, il a recommencé à me parler d'adoption, du fait qu'il se sentait prêt à accueillir un enfant… Mais dès qu'il abordait le sujet, je bottais en touche et refusais qu'on en parle. Nous avons eu une bonne engueulade à ce propos, peu avant l'accident. Il m'accusait d'avoir un comportement irrationnel, ce qui n'était pas faux, mais m'avait rendue folle de rage.

Johanna sourit avec tristesse, avant de reprendre.

— Cette dispute m'était complètement sortie de la tête. Ce n'est qu'après ma rencontre avec Jia-Li que cela m'est revenu… c'est fou comme on peut être sourd à ce que nous dit l'autre parfois…

Ils restèrent un moment silencieux, chacun méditant sur cette pensée philosophique tout en buvant leurs cafés refroidis.

— Johanna, demanda enfin Alex en reposant sa tasse, j'entends bien tout ce que vous me dites. Il y a cependant une chose qui m'échappe. Pourquoi pensez-vous qu'Augustin essayait de vous parler de

Jia-Li et de Mei lorsqu'il abordait le sujet de l'adoption ? Je ne vois pas tout à fait le rapport.

— Oh, excusez-moi ! Bien sûr que vous ne pouvez pas comprendre ! J'oubliais que vous n'étiez pas au courant de tout. Vous vous rappelez comme Jia-Li a insisté pour que je la rencontre en personne ?

— Je m'en souviens en effet.

— J'étais loin d'en imaginer la raison. Ce n'était pas uniquement pour que j'entende de vive voix ses révélations sur la relation particulière qu'elle entretenait avec mon mari…

Johanna marqua une pause, avant de reprendre en fixant Alex d'un regard intense qui trahissait sa fébrilité à l'idée des mots qu'elle allait prononcer.

— Jia-Li est atteinte d'un cancer généralisé. C'est une récidive suite à un premier cancer du sein et il n'y a pas de traitement possible. Elle est condamnée…

— Oh non, c'est affreux !

— Oui, et c'est pour cela qu'Augustin essayait de me parler d'adoption. Jia-Li m'a expliqué qu'elle est tombée malade peu de temps après la naissance de Mei et que c'est à ce moment-là qu'Augustin a effectué des démarches pour la reconnaître, sa mère ayant trop peur qu'elle se retrouve orpheline, avec un statut d'autant plus précaire qu'elle est née hors mariage. Donc s'il n'était pas techniquement son père, il l'était légalement et dans la pratique, il a joué son rôle à merveille. La petite l'appelle « Papa » et un lien très fort semblait les unir. Sans compter qu'en la reconnaissant, il lui a permis d'obtenir la nationalité française. La Chine n'acceptant pas la double nationalité, Mei est donc belle et bien française ! Elle fréquente d'ailleurs un établissement scolaire français et a un très bon niveau dans cette langue.

Alex émit un sifflement incrédule.

— Eh bien, si je m'étais attendu à ça !

— Et moi donc ! répondit Johanna, en laissant échapper un petit rire nerveux. La maladie de Jia-Li progressant, leur idée était qu'Augustin me révèle tout et que Mei vienne habiter avec nous. L'accident a tout bouleversé, mais aussi insensé que cela puisse paraître, Jia-Li souhaite toujours que je m'occupe de cette petite fille pour laquelle je suis pourtant une quasi inconnue !

— C'est fou, cette histoire ! Comment peut-elle vouloir vous confier son enfant sans vous connaître ?

— Elle m'a dit n'avoir personne d'autre. Ses parents sont âgés et en mauvaise santé, et elle a peur que Mei se retrouve seule s'ils étaient amenés à disparaître peu de temps après elle. Elle n'a pas de lien avec le reste de sa famille et vit une vie plutôt solitaire, d'après ses propres dires. Quand Augustin est mort, elle était désespérée, elle s'est retrouvée dans une impasse. Elle a apparemment songé à me contacter, sans toutefois oser franchir le pas. Vous pouvez donc imaginer son soulagement lorsqu'elle a appris que j'avais découvert son existence. On en revient au signe du destin ; pour elle, ce n'est pas un hasard si nous avons pu nous rencontrer malgré les obstacles.

— Vu comme ça, je peux comprendre. Mais vous, que pensez-vous de tout ça ?

— Moi ? dit Johanna, d'une voix devenue aiguë sous le coup de l'émotion, moi… je ne sais pas, je crois que je suis encore sous le choc de toutes ces révélations. Quand Jia-Li m'a exposé ses plans, elle était si déterminée qu'elle en était très convaincante. J'ai senti que pour elle, tout était très clair et que c'était un projet mûrement réfléchi. Et Mei…

Johanna ne put réfréner un sourire au souvenir de sa rencontre avec cette petite fille, haute comme trois pommes au visage de poupée. Elle ne trouvait pas les mots pour décrire ce qu'elle avait ressenti en la voyant.

— … elle est adorable… mais… ce n'est pas possible ! Enfin, je veux dire… je n'ai jamais fait ça… je n'en serai jamais capable ! Surtout seule et mal en point comme je le suis ! Je serai forcément une mauvaise mère. Et puis, toutes les démarches, je n'y arriverai jamais ! De toute manière, quels sont mes droits sur cette petite fille ?

Alex ne savait quoi répondre à cette femme touchante, assise en face de lui, sur le visage fatigué de laquelle se lisaient les doutes et les questionnements qui la traversaient.

Johanna soupira et se laissa aller contre le dossier de sa chaise, le regard perdu dans le vague.

— Il ne se passe pas une heure sans que je rêve de pouvoir appuyer sur la touche « Replay » pour retourner à ma vie d'avant, celle où tout était plus simple, où je n'avais pas la constante sensation d'être amputée d'une partie de mon être. Je sais que l'on a toujours tendance à idéaliser ce que l'on a perdu et que notre vie de couple n'était pas tous les jours un long fleuve tranquille. Mais si vous saviez comme je crève de ne pas pouvoir parler à Augustin, de ne pas pouvoir m'expliquer avec lui…

Ses larmes coulaient sans retenue, zébrant ses joues et finissant leur course au creux de son cou. Alex lui tendit un mouchoir, un sourire compatissant sur les lèvres et lui dit :

— Johanna, je comprends peut-être mieux que quiconque votre sentiment de solitude. Et j'ai la prétention de me considérer comme votre ami, même si nous avons fait connaissance il y a peu. Voici donc les seuls conseils que je vous donnerai, en tant qu'ami ayant également vécu la perte d'un être cher… non, n'ayons pas peur des grands mots, ayant perdu son âme sœur. Ne laissez pas la détresse engendrée par votre solitude vous dicter vos choix, elle peut être très mauvaise conseillère. Prenez du recul par rapport aux suggestions de vos proches, en général plein de bonnes intentions mais qui expriment en réalité leurs propres envies ou peurs. Laissez parler votre cœur et prenez le temps de l'écouter, ce sera votre meilleur allié. Et surtout, Johanna, arrêtez de culpabiliser ! D'accord, vous n'avez peut-être pas su entendre ce qu'Augustin essayait de vous dire. Mais de son côté, a-t-il vraiment essayé de vous dire la vérité ? Je veux dire, vraiment essayé ! Parce qu'en ce qui me concerne, de mon point de vue extérieur à la situation, je me dis qu'il a eu plus de quatre ans pour tout vous révéler, et que sans vouloir vous offenser ou porter atteinte à sa mémoire, s'il avait vraiment voulu vous le dire, il aurait réussi d'une manière ou d'une autre à vous avouer son secret !

30

Le fond de l'air était étonnamment chaud pour une matinée de mars. Des nuages bas dansaient dans le ciel clair, cachant par intermittence le soleil hivernal dont les faibles rayons caressaient le visage de Johanna.

Assise sur un banc, les yeux clos, elle essayait avec un succès relatif, de se laisser pénétrer par la sérénité de l'instant. En ouvrant ses rideaux ce matin-là aux aurores, en découvrant que la pluie qui était tombée en abondance durant toute la semaine avait enfin cessé, elle avait sauté dans ses bottes, glissé une barre de céréales et un thermos de thé brûlant dans un sac à dos et avait roulé une trentaine de minutes en direction des Cotswolds.

Augustin et elle étaient tombés sous le charme de cette belle région rurale prisée des riches Londoniens et des touristes, avec ses petits villages typiques aux ruelles bordées de splendides façades en pierres dorées. Ils adoraient y randonner dès que leur emploi du temps leur permettait de se libérer, et c'est ainsi qu'un jour, au détour d'un sentier, ils avaient découvert le petit mémorial auprès duquel Johanna se reposait maintenant. Situé à la lisière d'une futaie de hêtres, il était constitué d'une simple statue taillée dans un bois verdi par le temps, représentant un vieil homme assis, béret sur la tête et canne appuyée contre sa cuisse, un chien allongé à ses pieds. La sculpture était installée à environ un mètre de hauteur, sur un socle arrondi constitué de pavés irréguliers superposés. Aucune inscription ne figurait dessus. Cependant, quatre bancs avaient été disposés tout autour, sur les dossiers desquels des plaques en cuivre étaient vissées. En s'en approchant, ils avaient été touchés de lire des messages d'amour de proches de personnes disparues. Augustin avait alors lancé en plaisantant qu'il s'imaginait bien ressembler à ce berger lorsqu'il serait plus âgé et qu'après son décès, Johanna pourrait inscrire ici une phrase en souvenir de lui.

Cette boutade, prononcée plus de huit ans auparavant par un Augustin insouciant, était revenue en mémoire de Johanna quelques jours après l'annonce de l'accident et était devenue en quelques heures une obsession : il lui fallait coûte que coûte obtenir une plaque pour son mari ! Manquant néanmoins du courage nécessaire pour mener à bien ce projet, elle avait confié cette mission à Lisa, qui l'avait réussie haut la main. En moins d'une semaine, la plaque était installée. Johanna avait été reconnaissante envers son amie - « Oh, ce n'est rien tu sais, ma famille, c'est comme la mafia italienne, elle contrôle tous les secteurs d'activité de la région ! C'était donc très facile de soudoyer quelques personnes ! » avait répliqué Lisa, lorsqu'elle l'avait remerciée - mais Johanna avait refusé de se rendre au mémorial. Il lui semblait que tant qu'elle ne le verrait pas, elle pourrait continuer à nier la réalité de la situation et à espérer un miracle.

Ce matin cependant, elle avait senti qu'elle était prête. A vrai dire, il y avait même déjà quelques jours qu'elle y pensait, mais la pluie l'en avait dissuadée.

En arrivant auprès de la statue, après une demi-heure de marche depuis le parking de l'église du village, il lui avait fallu quelques minutes pour trouver la bonne plaque parmi la petite cinquantaine d'épitaphes qui se répartissait entre les quatre bancs.

En mémoire d'Augustin,
Ayant rejoint trop tôt son étoile.
Mon berger pour l'éternité.
Johanna

Elle avait lu plusieurs fois ces phrases qu'elle avait écrites et transmises à Lisa en octobre, alors qu'elle était encore en état de choc émotionnel, et qu'elle trouvait maintenant trop grandiloquentes, et pour être tout à fait honnête, un peu bêtes. Surtout mises en perspective avec tous les non-dits ayant entachés leur relation.

Est-ce qu'un berger abandonnerait ses brebis comme tu l'as fait Augustin ? Est-ce qu'il serait capable de leur mentir autant que tu l'as fait avec moi ?

Johanna s'était laissée tomber sur le banc et avait fermé les yeux, le visage relevé vers le ciel. Une colère sourde remuait ses entrailles et se mêlait à son chagrin. Les semaines passaient et elle avait la sensation d'être restée embourbée dans ses contradictions depuis sa rencontre avec Jia-Li. Les arguments de Lisa et Alex avaient fait leur chemin et elle ne savait plus que penser. Certains jours, elle se reconnaissait tous les torts, se blâmant de n'avoir pas été la femme vers laquelle son mari aurait pu se tourner pour lui confier ses secrets, trop occupée qu'elle était à se battre contre sa culpabilité de ne pas avoir pu donner la vie. D'autres jours en revanche, elle accusait Augustin d'avoir été un lâche, de s'être complu dans cette double vie, de l'avoir infantilisée, de l'avoir laissée dans l'obscurité et de n'avoir entrepris de lui révéler la vérité - sans grand enthousiasme - que contraint et forcé par la récidive de la maladie de Jia-Li.

Elle s'était imaginée qu'en venant se recueillir devant le mémorial, elle ressentirait peut-être la présence d'Augustin ou que son esprit lui ferait un signe. Elle n'était pas croyante, mais cette perspective lui plaisait. Or, tout ce qu'elle ressentait, seule, assise sur ce banc dont l'humidité commençait à traverser son pantalon, était un manque terrible, un manque qui la rongeait de l'intérieur. Elle pensait à tous ces projets qu'ils avaient, à ces vacances en Thaïlande qu'ils étaient en train de planifier lors de sa disparition, à leurs discussions interminables sur le tour du monde en tandem qu'ils feraient un jour… tout cela était parti en fumée en un claquement de doigt. Elle se fichait de savoir quelles étaient les causes de l'accident, le résultat était le même : elle était veuve. Elle détestait ce mot, associé dans son esprit à l'image d'une très vieille dame revêche et vêtue de noir de la tête aux pieds.

Une rafale de vent frais souffla soudain, la faisant frissonner. Elle chassa ses idées noires et reprit le chemin du village, réfléchissant au dilemme qui la tenait éveillée des nuits entières : accepter ou non la demande de Jia-Li, prendre en charge Mei ou la laisser se débrouiller, s'impliquer ou oublier.

Elle repensait aux paroles d'Alex, *« laisse parler ton cœur »*. Celui-ci était de manière indéniable attiré par cette petite fille. Elle ne l'avait vue qu'une seule fois, le lendemain de sa rencontre avec Jia-Li, mais cela avait suffi pour qu'un lien se tisse. Lorsqu'elle était arrivée à leur petit appartement, Mei, une fois sa timidité initiale dépassée, s'était précipitée dans sa chambre et en était revenue avec un classeur rose décoré de fleurs aux pétales multicolores pailletés. Faisant signe à Johanna de s'asseoir à ses côtés, elle avait entrepris de lui montrer ses trésors contenus dans des pochettes plastiques. De sa petite voix fluette, dans un français impeccable, elle les avait détaillés un à un, sortant au hasard billets d'avion, places de spectacles, jolis coquillages, fleurs séchées, photos… Johanna avait contenu avec difficulté la surprise et l'émotion qui l'avaient saisie en comprenant que tous ces objets étaient liés à Augustin, « mon papa » comme l'appelait Mei. Son étonnement avait atteint son apogée lorsque la fillette lui avait tendu un paquet de photos en lui disant :

— Regarde, ça c'est toi avec Papa quand vous étiez au « Gatémama ». Et là, c'est toi dans votre maison en Angleterre. Elle est belle votre maison ! Est-ce que je pourrai venir te voir ? Papa m'avait promis que j'irais un jour… mais maintenant, il est parti… t'es triste, toi, qu'il soit parti ? Māmā, elle est triste. Je sais « pacque » je l'ai entendue pleurer. Et toi, tu pleures ?

La sincérité de cette enfant qui parlait comme un livre et l'observait de ses yeux noirs brillants finit de faire chavirer son cœur. Elle se força à lui sourire et se racla la gorge avant de lui répondre d'une voix tremblante.

— Oui, moi aussi je suis très triste qu'Augustin ne soit plus avec nous. Est-ce que tu le voyais souvent ton papa ?

Le beau visage de Mei se tordit en une petite moue chagrinée.

— Pas beaucoup en vrai. Mais il me parlait souvent sur l'ordinateur !

— Ah oui ?

— Oui, j'aimais bien quand il m'appelait avant que je fasse dodo.

Elles avaient continué à discuter un bon moment avant que Jia-Li ne leur propose une promenade. Elle les avait entraînées vers le centre-ville, sur la place du Peuple de Shanghai. En débouchant de la station de métro, Johanna avait été ébahie par l'immensité des lieux et l'architecture imposante des bâtiments d'époques variées. Tout en traversant l'esplanade, Jia-Li lui avait expliqué qu'un hippodrome se trouvait là autrefois, avant que le gouvernement communiste ne décide à partir des années cinquante, de faire de cet endroit le centre administratif, culturel et de divertissement de la ville.

Outre l'austère mairie et le flamboyant grand opéra avec son toit recourbé, les visiteurs pouvaient découvrir le magnifique musée des arts de Chine, installé dans l'ancien pavillon rouge de la Chine construit lors de l'Exposition Universelle de 2010. Au centre de l'espace, le musée de Shanghai attirait également le regard. Censé représenter une marmite chinoise traditionnelle, il avait vite été rebaptisé « le panier » par les habitants de la ville, en raison de la forme arrondie de sa toiture dotée de quatre arches pouvant figurer des anses.

Jia-Li, en parfaite connaisseuse de cette ville dans laquelle elle avait grandi et qu'elle n'avait jamais quittée, avait joué son rôle de guide touristique à la perfection. Le but de la visite était cependant ailleurs. Elles étaient arrivées dans le parc qui occupait la partie nord de la place. Dans les allées ombragées, un curieux marché était installé. Des parapluies étaient déployés en nombre, sur lesquels étaient accrochées des affiches. Ces dernières recouvraient également les clôtures. Jia-Li avait expliqué à une Johanna muette de stupéfaction qu'il s'agissait du marché des célibataires qui se tenait tous les week-ends. Les parents venaient présenter le pedigree de leurs enfants trentenaires - sexe, âge, taille, diplômes, revenu, valeurs familiales,... - espérant trouver le candidat idéal et épargner ainsi à leur progéniture un célibat prolongé, une condition considérée comme un échec.

— Je voulais juste te montrer à quel point, malgré l'émancipation des jeunes générations, la pression sociale est encore forte. Le mariage est une institution et dans ce contexte, ma situation de mère célibataire un réel handicap et l'avenir de Mei incertain, avait conclu Jia-Li, d'un ton lourd de sous-entendus.

Johanna avait rejoint le parking et roulait à présent en direction du restaurant.

Oui, mon cœur penche en faveur de cette petite fille. Et j'ai eu de la peine à m'en séparer après les quelques heures passées en sa compagnie. Mais alors, qu'est-ce qui me retient ? Ma peur légitime de m'embarquer dans une aventure qui me dépasse ? Le fait que je n'ai aucune idée des démarches à effectuer pour rendre une éventuelle adoption possible ? Qu'il me faudra forcément sortir de ma zone de confort ? Ou mon orgueil blessé par les mensonges d'Augustin ? Arriverai-je à regarder Mei sans y penser ? Supporterai-je les jugements qui seront de manière certaine portés par le monde extérieur sur notre situation ?

Son cerveau était en ébullition. Le temps d'arriver devant la porte du Red Lion, elle s'était néanmoins promis de prendre une décision, quelle qu'elle soit, d'ici la fin de la semaine, soit le lendemain.

31

Le mal progressait.

Ce mal, qui s'était manifesté pour la première fois sur son sein gauche gonflé de lait, sous la forme d'une petite excroissance, en partie dissimulée par la main innocente de son bébé de deux mois et demi tétant son mamelon avec avidité.

Ce mal qui l'avait poussée à revenir sur son refus initial et à accepter la proposition d'Augustin de reconnaître son enfant.

Ce mal, qu'elle avait combattu avec force et détermination pendant un an, enchaînant mastectomie, chimiothérapie et radiothérapie, et qu'elle espérait avoir vaincu pour de bon.

Ce mal, qui avait attendu son heure et qui, après une rémission de trois ans, s'était réveillé avec virulence l'hiver précédent, attaquant son corps de toutes parts, ne lui laissant aucune chance de sortir vivante de ce combat inégal.

Ce mal, qui ne lui laissait pas d'autre choix que de confier l'éducation de sa fille à autrui.

Ce mal, qui la poussait à envoyer chaque semaine depuis bientôt trois mois, un message à Johanna, la femme vers laquelle se tournaient tous ses espoirs ; messages, tels des bouteilles jetées à la mer, restés jusqu'à présent sans réponse.

Ce mal, qui ce matin la clouait au lit, la rendant incapable d'effectuer ses tâches quotidiennes.

Oui, le mal était bel et bien là, désireux de ne pas se faire oublier et de lui montrer qu'il était plus fort que tout.

Après avoir suivi deux nouveaux protocoles de chimiothérapies qui l'avaient rendue très malade et qui n'avaient pas prouvé leur efficacité, elle avait décidé contre l'avis des médecins, de ne pas poursuivre ces traitements qui l'affaiblissaient et de profiter en paix du temps qui lui restait auprès de sa fille.

La vie n'étant jamais à court de surprises, son état général s'était amélioré au-delà de tout ce qu'elle avait pu espérer. Elle avait attribué ce petit miracle à la médecine traditionnelle chinoise vers laquelle elle s'était tournée, ainsi qu'à la générosité de son employeur qui lui avait permis, dès le mois d'août, de reprendre son travail en adaptant ses horaires et d'oublier un peu sa condition de malade.

Elle n'était néanmoins pas dupe et avait senti que, comme pour un enfant fiévreux bénéficiant d'un sursaut d'énergie après une bonne sieste, cette parenthèse enchantée ne durerait pas. La disparition soudaine d'Augustin, qui lui avait apporté un soutien sans faille durant toutes les étapes de sa maladie, avait entraîné une rechute. Sans la présence de Mei à ses côtés, elle ne se serait pas relevée. Pour sa fille, qu'elle ne pouvait imaginer laisser orpheline, elle avait dépassé sa peine et, en bon petit soldat, avait repris la bataille, réussissant une fois encore, l'exploit de mettre le mal en sourdine et d'assumer son rôle de mère et d'employée modèle.

Lorsque Johanna avait retrouvé sa trace, puis avait accepté de la rencontrer, Jia-Li avait compris qu'elle représentait sa dernière chance de ne pas abandonner sa fille dans une situation précaire. Elle sentait faiblir en elle le feu intérieur qui la maintenait en vie et savait qu'il ne lui restait que peu de temps pour obtenir de Johanna qu'elle s'engage à s'occuper de Mei.

C'est pourquoi elle maintenait la pression sur la Française, lui donnant des nouvelles hebdomadaires et lui transmettant photos et dessins de Mei.

Elle ne lui cachait pas non plus la dégradation de son état depuis sa visite au moment de Noël. Elle lui avait annoncé qu'elle avait dû arrêter de travailler de manière définitive, n'étant plus capable de supporter les trajets quotidiens et la fatigue inhérente à sa fonction d'assistante de direction. Elle lui racontait sans détour les douleurs physiques qui l'assaillaient, l'empêchant de trouver le repos. Elle lui parlait de son père, atteint de la maladie d'Alzheimer, et de sa mère, accablée, qui semblait avoir vieilli de vingt ans en quelques mois. Elle la suppliait de lui venir en aide.

— Māmā, tu viens ?

Perdue dans ses pensées, Jia-Li n'avait pas entendu Mei se faufiler auprès de son lit installé dans un coin de leur pièce à vivre. Elle lui avait promis qu'elles iraient au marché aux insectes et aux oiseaux, dans les allées étroites et couvertes duquel la petite fille adorait se balader le dimanche et observer oiseaux, chatons, tortues, poissons et autres grillons porte-bonheur chantant dans leurs petites boîtes en plastique.

— Laisse-moi me reposer encore un petit moment et nous irons ensuite, d'accord ma puce ? Tu as fini ton nouveau dessin pour Johanna ?

— Presque.

— Et bien, continue-le et nous partirons dès que tu l'auras fini, c'est promis.

— D'accord, répondit Mei d'une voix résignée, en retournant s'asseoir à la table sur laquelle étaient éparpillés ses feutres.

Le cœur de Jia-Li se serra en regardant sa fille si docile, se remettre à colorier avec application, un petit bout de langue rose dépassant entre ses lèvres fines. Comme elle aurait aimé avoir le pouvoir de la protéger mieux face à la dureté de leur situation ! Mei se confiait peu, mais les cauchemars qui la réveillaient la nuit témoignaient de ses angoisses. Dotée de la capacité des enfants à percevoir ce que les adultes cherchaient à leur cacher, elle avait senti sans les comprendre les inquiétudes de sa mère. Jia-Li savait qu'elle devait commencer à la préparer en douceur à sa disparition ; elle repoussait cependant toujours l'échéance, espérant que Johanna accepte sa demande avant d'avoir à parler à Mei de son avenir sans elle.

L'email que Jia-Li envoya cet après-midi-là à Johanna, fut sans aucun doute le plus vibrant de tous ceux qu'elle lui avait envoyés jusqu'à présent. L'urgence se lisait dans ses phrases courtes et percutantes, chargées d'émotion. C'était le plaidoyer d'une condamnée à mort, consciente que sa fin était proche.

En le découvrant à son réveil de l'autre côté du globe, Johanna sut que c'était le signe qu'elle attendait. Elle s'empressa de lui répondre avant que la raison ne brise son élan.

« Chère Jia-Li,

Je m'excuse pour mon silence ces derniers mois. Il me fallait prendre du recul pour digérer toutes vos révélations et être sûre de prendre la bonne décision pour moi, mais également pour Mei.

J'ai la sensation d'être au bord d'une falaise, prête à sauter dans le vide sans filet. Je suis terrorisée, pourtant je sens au plus profond de moi-même qu'il me faut oser dépasser ma peur. J'ai honte de vous dire tout cela à vous, qui êtes au bord d'un précipice encore plus grand et qui faites preuve d'un courage inouï.

Alors voici ce que je vous propose : je m'engage à rechercher dès à présent quelles seraient les possibilités pour moi de m'occuper de Mei. Augustin n'étant plus là, je ne sais pas quels sont mes droits sur elle. Mais je ne vous promets rien ! Laissez-moi contacter les personnes qui pourraient m'aider et je reviendrai vers vous lorsque j'y verrais un peu plus clair.

D'ici là, je vous souhaite d'arriver à résister du mieux possible à votre maladie. Prenez soin de vous et de Mei. Et remerciez-la pour ses dessins, ils sont magnifiques.

Amicalement,

Johanna »

A la lecture de ce message, Jia-Li s'effondra en larmes de gratitude. Elle avait eu raison d'y croire. Si la partie n'était pas gagnée, elle venait néanmoins de remporter la première manche. Il ne lui restait plus qu'à espérer que le résultat final lui soit favorable.

32

Johanna, sourcils froncés et front plissé, était absorbée par sa conversation téléphonique. Ne comprenant pas le moindre mot prononcé par son amie dans sa langue maternelle, Lisa patientait à ses côtés en feuilletant mollement un magazine de décoration d'intérieur. Elles avaient prévu de profiter de leur lundi après-midi de liberté pour aller se détendre à l'espace bien-être de l'hôtel du village voisin, qui proposait un forfait piscine-spa-massage à un prix très attractif en semaine. Lisa commençait cependant à douter qu'elles puissent un jour décoller du salon de Johanna.

Depuis que celle-ci avait pris la décision de se lancer dans ce qu'elle appelait en son for intérieur « sa mission Mei », une énergie et une détermination, dont elle ne se serait pas crue capable quelques jours auparavant, s'étaient emparées d'elle, l'aidant à surmonter ses appréhensions et à oser décrocher son téléphone pour contacter toutes les personnes qui pouvaient potentiellement l'aider.

Elle avait commencé par appeler dès le dimanche soir, son beau-frère Antoine, le mari d'Hélène, qui était juriste. Comme elle s'en était doutée, Antoine lui avait répondu qu'il ne pouvait pas personnellement lui apporter de réponses à toutes les questions qu'elle lui posait, sa spécialité étant le rachat d'entreprises et non l'adoption internationale.

Il l'avait néanmoins orientée vers un ami à lui, Fabrice Monier, avocat au barreau de Paris qu'il pensait plus à même de la renseigner. Ce dernier, prévenu par Antoine, avait eu la gentillesse de décaler ses rendez-vous pour lui accorder un entretien en visioconférence le lundi matin. Lorsque Johanna avait eu fini de lui exposer la situation, Maître Monier lui avait demandé quelques précisions supplémentaires avant de convenir de la rappeler dès qu'il aurait des premiers éléments de réponse à lui apporter.

Après des mois d'inertie, un sentiment d'urgence coulait dans ses veines. Elle espérait que l'avocat la recontacterait au plus vite. En attendant, elle avait continué les recherches qu'elle avait entamées la veille, naviguant sur la toile à l'affût de témoignages de personnes ayant vécu des situations d'adoptions entre la Chine et la France similaires à la sienne. Il lui semblait cependant que plus elle ouvrait de nouvelles fenêtres dans son navigateur, plus elle était noyée sous un flot d'informations qui soulevaient plus de questions qu'elles n'apportaient de solutions.

Agacée et découragée après plus d'une heure à griffonner des notes sans queue ni tête, elle avait renoncé. Découvrant qu'il était midi passé, elle avait grignoté un reste de salade et une pomme, avant de glisser son maillot de bain dans son sac en prévision de son après-midi au spa avec Lisa.

Son amie franchissait à peine le seuil de la porte d'entrée quand la sonnerie de son téléphone avait retenti. Elle avait décroché tout en faisant signe à

Lisa de l'excuser et de s'installer sur le sofa en l'attendant.

Les minutes s'égrenaient et la discussion de Johanna avec son interlocuteur mystérieux s'éternisait. Lisa tenta d'attirer son attention, mimant le mouvement des aiguilles sur le cadran de sa montre, mais Johanna l'ignora.

Lisa renonça et se leva pour leur préparer deux tasses de thé. Lorsque Johanna raccrocha enfin, les boissons avaient déjà bien refroidi. Lisa s'apprêtait à lancer une remarque acerbe mais l'expression qu'elle lut sur le visage de son amie l'en dissuada.

Johanna lui saisit les mains tout en la regardant d'un air à la fois extatique et terrifié.

— Je dois rentrer en France !

— Comment ça, tu vas rentrer en France ? dit Lisa, interloquée. Il y a un problème avec ta famille ?

— Non, pas du tout. Je vais rentrer en France pour pouvoir adopter Mei au plus vite !

— Mais qu'est-ce-que tu racontes ? Hier encore, tu refusais d'en parler, et maintenant, tu veux l'adopter ?

— Oui ! J'ai perdu trop de temps à tergiverser au lieu d'écouter ce que me disait mon cœur. Et quand j'ai reçu le dernier message de Jia-Li, cela a été un vrai déclic !

— Ah bon… et que disait-il de si important ce message ?

Johanna se leva d'un bond, en tirant Lisa par la main.

— Viens, on va se faire chouchouter, je te raconterai tout en chemin.

Durant toute la durée du trajet, Johanna tenta de mettre des mots sur ses émotions et d'expliquer à son amie son choix de prendre en charge cette petite fille vers laquelle elle se sentait inexorablement poussée.

— Que tu veuilles t'en occuper, je peux le comprendre. Mais pourquoi ne pas la faire venir ici ? l'interrogea Lisa, en se garant sur le parking réservé aux clients de l'hôtel.

— Parce que je suis française et Mei aussi. Ce sera donc beaucoup plus simple pour nous deux !

— Tu plaisantes ? s'offusqua Lisa, comment cela pourrait-il être plus simple pour toi de faire toutes les démarches en France, alors que ta vie est ici !

Johanna la regarda avec des yeux dans lesquels on pouvait apercevoir la tristesse qui ne l'avait plus quittée depuis des mois, mais également une lueur nouvelle d'espoir.

— Ma vie avec Augustin était en effet ici pendant plus de dix ans. Et elle sera peut-être ici… dans le futur. Mais aujourd'hui, elle doit se continuer en France, pays dans lequel un avocat de confiance, avec qui j'étais en ligne à l'instant, travaille déjà sur mon dossier et va me mettre en relation avec un confrère de Lyon ; pays dans lequel les procédures seront plus simples pour moi et Mei en tant que Françaises, ainsi que pour Jia-Li en tant que mère d'un enfant français ; pays dans lequel je pourrai être soutenue par ma famille et dans lequel Mei pourra continuer à être scolarisée dans un établissement français, comme à Shanghai, comme le souhaitait son père.

Sa voix, pas aussi assurée que ne le laissaient penser ses propos, se brisa sur ces derniers mots. Lisa était abasourdie.

— Et moi… et le resto… tes amis ici… ta maison… tu vas tous nous abandonner comme ça ?

— Je ne vous abandonne pas, protesta Johanna en enlaçant son amie. Ce n'est pas parce que je pars pour accomplir une démarche qui me tient à cœur, que je vais vous laisser tomber. D'abord, la France n'est pas très loin, je pourrai revenir très souvent. Et j'espère bien que toi et les enfants viendrez nous voir également !

— Mais ce n'est pas toi qui, il y a quelque temps encore, affirmait qu'il n'était pas question que tu bouges d'ici ! Nous aussi, nous sommes ta famille ! Je pourrais t'aider et te soutenir aussi bien que ta mère, avec qui tu n'arrêtes pas de t'engueuler, ou ta sœur, qui a été trop occupée ces cinq dernières années pour te rendre visite ! tenta Lisa, véhémente.

— Oh ma Lisa, si tu savais comme tu vas me manquer, comme vous allez tous me manquer ! Je sais que cela peut te paraître insensé et soudain. Toutefois je t'assure que je fais ce choix parce que je sens au fond de moi que c'est le bon, pour moi et pour cette petite fille qui a réussi à rompre les barricades qui entouraient mon cœur et à s'y faire une place en un temps record.

Lisa se dégagea des bras de son amie et se redressa sur son siège.

— Je te préviens, renifla-elle d'un air de défi, tu ne vas pas te débarrasser de moi si facilement !

Johanna laissa fuser un rire libérateur.

— Je n'en doutais pas un seul instant !

Elle calma son hilarité avant de reprendre avec plus de sérieux :

— Lisa, tu es ma meilleure amie, tu es comme une sœur pour moi. J'ai besoin que tu me comprennes, que tu me soutiennes, que tu m'accompagnes même si cela signifie que nous soyons éloignées géographiquement, au moins pour un temps.

— Oh Jo, ma chérie ! Tu sais très bien que moi aussi, je t'aime comme une sœur et que je serai toujours là pour toi… même si, là, maintenant, tout de suite, je suis trop dégoûtée par ta décision de partir et que j'ai très envie de te faire la gueule !

La mine boudeuse, Lisa sortit de sa voiture sans laisser le temps à son amie de lui répondre et se dirigea lentement vers la réception de l'hôtel.

Johanna laissa passer quelques minutes avant de la rejoindre. Elle la connaissait suffisamment bien pour savoir que sa mauvaise humeur ne résisterait pas à leur après-midi entre filles.

33

Le ciel d'avril déclinait une palette de gris, dont les nuances ternes s'accordaient à l'humeur morose de Johanna. Elle avait quitté Dalbury à l'aube, laissant derrière elle plus d'une décennie de sa vie d'adulte. Plus les kilomètres la séparant de sa maison adorée s'accumulaient, plus elle prenait conscience de la réalité de sa décision. Elle se sentait pleine de contradictions et elle s'était plus d'une fois demandée durant les quinze jours ayant précédé son départ si elle n'était pas en train de devenir folle, tant son état psychologique connaissait des variations intenses, passant en quelques minutes de la déprime la plus totale à une euphorie incontrôlable, d'une angoisse lui rongeant le sang à une excitation capable de lui faire soulever des montagnes.

N'étant pas prête à laisser des étrangers pénétrer dans sa maison, et souhaitant avoir un pied-à-terre, où elle pourrait loger de manière indépendante lorsqu'elle retournerait en visite en Angleterre, Johanna avait décidé de ne pas mettre sa maison en location et de n'emporter, dans un premier temps, que le strict minimum. Elle avait entassé toutes ses affaires dans sa voiture, remplissant tout de même le coffre jusqu'au plafond, ainsi que la banquette arrière. Ainsi chargée, elle se rapprochait de Folkestone, sa dernière étape sur le sol anglais avant de traverser la Manche via le tunnel. Afin de chasser la somnolence qui la gagnait et d'alimenter son esprit maussade, elle se mit à énumérer mentalement toutes les choses qui allaient lui manquer une fois rentrée en France : son travail, ses collègues, ses amis et en particulier Lisa et sa famille, leurs sorties entre filles, leurs soirées à papoter et à se marrer autour d'un verre, les balades dans la campagne anglaise après avoir englouti un copieux fish and chips, les magnifiques arcs-en-ciel qui succédaient à la pluie, le centre-ville de Londres accessible en moins de deux heures de train depuis chez elle, le couple d'écureuils qui se pourchassaient de jardin en jardin et qu'elle observait avec amusement depuis la fenêtre de sa cuisine, le flegme des Anglais et leur humour si particulier, leur capacité à retrouver leur âme d'enfant à chaque période de l'Avent et à oser porter des pulls de Noël invraisemblables sans étouffer sous le ridicule, sa maison,… Les larmes qu'elle avait retenues avec difficulté depuis le début de la matinée roulaient sans discontinuer le long de ses joues, brouillant sa vue et rendant sa conduite hasardeuse. Elle jugea plus raisonnable de s'arrêter à la dernière station-service avant le terminal d'embarquement, afin de reprendre contenance avant de passer la douane. *Pas sûr que les Français m'acceptent sur leur territoire avec une tête pareille !* pensa-t-elle en observant son reflet dans le miroir. *Allez ma vieille, arrête de t'apitoyer sur ton sort et concentre-toi sur toutes les bonnes choses qui t'attendent en France.*

Une fois ressaisie, elle ressortit des toilettes en s'efforçant de penser aux pains au chocolat, aux fromages, aux bons vins et autres gourmandises qu'elle allait retrouver « sur le continent », comme aimaient le dire les Britanniques. Elle se réjouissait surtout de partager son repas de midi avec son frère et son amie, chez lesquels elle était attendue à sa sortie du Shuttle. Elle profitait en effet de son périple jusqu'à Lyon pour rendre visite à ses proches habitant le long du chemin.

Sébastien bénéficiait d'un logement à la gendarmerie du Portel, dans lequel Jade avait emménagé juste avant la disparition d'Augustin. Johanna n'avait en tout état de cause pas eu l'occasion de venir les voir depuis l'installation de la jeune femme et elle apprécia, dès qu'elle pénétra dans l'appartement, la touche féminine qui avait transformé cet ancien antre de célibataire, au confort et à l'entretien sommaires, en un lieu chaleureux, propre et décoré avec goût.

Elle passa un excellent moment avec eux. Cela lui faisait plaisir de voir son frère si heureux, lui qui avait eu des relations houleuses avec ses anciennes partenaires. Ayant été élevé sans père, Sébastien avait grandi entouré de figures féminines fortes et Jade, avec son caractère bien trempé, semblait être la femme parfaite pour l'homme-enfant qu'il était resté. En les quittant, Johanna se dit qu'elle ne serait pas surprise que les deux tourtereaux annoncent dans un futur proche, un mariage ou l'arrivée d'un bébé. Dynamisée par ces pensées positives, elle parcourut le reste de son trajet du jour en chantant à tue-tête sur tous les tubes de sa jeunesse diffusés par Radio Nostalgie.

Lorsqu'elle se gara au pied de l'immeuble d'Hélène à Puteaux, l'émotion la submergea. C'était la première fois qu'elle venait chez sa belle-sœur sans Augustin et elle avait beaucoup hésité avant d'accepter sa proposition de loger chez eux pour la nuit. Elle avait cependant cédé face à l'insistance d'Hélène et à son envie de la revoir, ainsi que ses petites nièces.

Elle sonna à l'interphone d'un doigt tremblant et profita de la montée en ascenseur jusqu'au septième étage pour se recomposer. A peine arrivée sur le palier, elle fut accueillie par deux petites tornades qui lui sautèrent dessus en hurlant « Tantine Jo ! Tantine Jo ». Elle détestait ce qualificatif de « tantine » en usage dans la famille d'Augustin, mais elle s'y était habituée avec le temps et n'y prêta pas attention, tant elle était heureuse de serrer Lucie et Chloé dans ses bras.

— Salut les filles ! Qu'est-ce que vous avez grandi, ce n'est pas possible ! Vous allez bientôt me dépasser !

Ben oui, répliqua l'aînée, qui n'avait pas sa langue dans sa poche, mais c'est facile parce que t'es petite ! C'est parce que t'as pas mangé la soupe de ta maman ?

Johanna éclata de rire alors qu'Hélène réprimandait sa fille gentiment.

— Lucie, ce n'est pas une façon te parler à ta tante ! Allez les filles, laissez Jo respirer et rentrer dans l'appartement. Et puis, moi aussi je veux l'embrasser, dit-elle en aidant Johanna à se relever et en l'enlaçant.

La soirée fut si animée que Johanna oublia toutes ses angoisses. En regardant ses nièces faire les pitres, elle imaginait Mei se joignant à leurs jeux. Elle avait hâte de la retrouver. Semblant lire dans ses pensées, Hélène s'installa à ses côtés sur le canapé en lui demandant :

— Alors, tu pars la chercher quand cette petite fille mystère ?

— Je prends l'avion samedi prochain. Cela me laisse une semaine à Lyon pour m'organiser un peu avant de m'envoler pour Shanghai, où j'ai prévu de rester un mois. Mais je ne reviendrai pas avec Mei tout de suite, je préfère qu'elle termine son année scolaire comme tous ses camarades de classe, plutôt que de l'arracher à son environnement quelques semaines avant les vacances. L'idée de mon séjour là-bas est de créer une véritable relation avec elle avant de la faire venir et de déposer ma demande d'adoption. Comme mon avocat me l'a expliqué, je n'ai pas besoin d'agrément pour l'adopter, puisqu'elle est légalement l'enfant d'Augustin. En revanche, le juge évaluera l'intérêt de Mei et mon projet d'adoption sera fortement compromis s'il estime qu'il n'existe pas entre elle et moi un lien d'affection de nature filiale. J'espère donc que tout va bien se passer !

— J'en suis sûre, la rassura Hélène. D'après ce que tu m'as raconté, elle te connaît déjà bien et tu es attendue comme le messie par sa mère.

— Oui, sur le papier, tout paraît parfait. Mais je préfère ne pas trop m'emballer avant d'avoir été confrontée à la réalité !

— Je te comprends.

Elles se turent un instant, avant qu'Hélène ne reprenne un ton plus bas.

— Jo, je voulais te redire que je n'étais absolument pas au courant de l'existence de Jia-Li et de Mei.

— Je sais, Hélène, tu me l'as déjà dit.

— Oui, mais je voulais t'en parler de vive voix car je veux vraiment que tu me croies. Cela me fait mal de savoir que mon frère ait été capable de tromper son monde de cette façon ! Je suis furieuse qu'il t'ait menti. Et plus égoïstement, je ne lui pardonne pas de ne m'avoir rien dit, alors que moi, je lui racontais toute ma vie !

Hélène saisit un coussin qu'elle serra contre elle rageusement.

— Et ne parlons pas du reste de ma famille ! Si tu avais vu leurs têtes lorsque je leur ai annoncé la nouvelle. Ma mère a tout rejeté en bloc, ne pouvant accepter que son fils si parfait ait pu mener une double vie. Et les autres se sont tous rangés derrière elle, bien sûr ! Tu penses, il ne faudrait surtout pas qu'un scandale vienne ébranler leurs réputations et remettre en cause leurs petites vies bien rangées !

— Tu ne crois pas que tu es un peu sévère avec eux, intervint Johanna, conciliante. C'est normal qu'ils soient choqués par tout ça, non ?

— Choqués, oui ! Mais cela ne justifie pas leur refus total d'en parler et les propos désobligeants de mes parents envers toi et cette petite fille, qu'ils ne connaissent même pas et qu'ils ne veulent d'ailleurs pas rencontrer. Ils ont été très clairs à ce sujet.

Johanna lui sourit d'un air complice.

— Je mentirais si je te disais que cela me surprend ou que cela me déçoit. Je t'avoue que, étant donné la relation compliquée que j'entretiens avec tes parents, ainsi qu'avec tes frères et sœurs, je ne suis pas mécontente de ne pas avoir de contact avec eux si je peux éviter d'en avoir. S'ils ne veulent pas connaître Mei, ce n'est pas moi qui vais leur courir après, bien au contraire !

— Je sais, répondit Hélène. Je trouve juste cela triste et dommage… En tout cas, reprit-elle d'un ton enjoué, sache que moi, j'ai hâte de faire sa connaissance. Et je suis sûre que les filles seront ravies d'avoir une nouvelle petite cousine !

34

— On y va, Maman ?

Mei tirait en vain sur son T-shirt pour la faire avancer.

— Oui, oui, on va y aller, je veux juste regarder encore un peu les gens danser.

Johanna était hypnotisée par les couples qui évoluaient sur une scène en bois en plein air, aménagée au bord du lac. La plupart d'entre eux effectuaient une danse lente et souple qu'elle n'identifiait pas. Son attention était cependant surtout retenue par un homme seul, l'air très concentré, qui se déplaçait tel un funambule sur des filins invisibles, plaçant un pied devant l'autre avec application, en exécutant d'amples mouvements avec ses bras qui lui faisaient penser à un oiseau peinant à prendre son envol. La musique aigrelette, qui accompagnait les danseurs et qui sortait de la grosse enceinte installée auprès d'une vieille dame jouant le DJ, ne ressemblait à rien de connu et sonnait faux à ses oreilles d'Occidentale.

De jour en jour, la fascination qu'exerçaient sur elle la Chine et ses habitants s'intensifiait. Elle en avait eu un petit aperçu lors de son premier séjour. Cependant, celui-ci avait été très court et dominé par les émotions suscitées par sa rencontre avec Jia-Li et Mei. Cette fois-ci, elle avait vraiment la sensation d'entrer en connexion avec la culture chinoise. Elle était aidée en cela par la petite fille qui lui tenait maintenant la main et qui jouait son rôle de guide avec application. Johanna savourait chaque instant avec elle. Toutes ses craintes concernant sa capacité à l'aimer sans ressentiment s'étaient envolées à la minute où Mei avait jeté ses bras autour de son cou.

— Maman, tu peux m'acheter une glace ? lui demanda celle-ci en levant vers elle un regard chargé d'espoir.

« Maman ». Dès qu'elle l'entendait prononcer ce mot de sa petite voix, elle sentait son cœur sauter de joie dans sa poitrine. Elle n'en revenait pas de l'aisance et de la rapidité avec laquelle Mei l'avait adoptée. Jia-Li avait dû bien la préparer, car à peine quatre jours après son arrivée, Mei avait commencé à l'appeler *« Maman Jo »*, avant d'abandonner le *« Jo »* pour ne retenir que le précieux dénominatif de *« Maman »*. Johanna n'était pas sûre que la petite en comprenne l'exacte signification, mais elle ne tenait pas réellement à le savoir. Quant à ses inquiétudes concernant un éventuel échec de la procédure d'adoption, elles ne l'empêchaient pas de savourer ce mot dont elle n'espérait plus être la destinataire un jour.

— Tu ne serais pas un peu gourmande ? lui répondit Johanna en lui souriant.

— Si ! Comme Papa ! Il m'achetait toujours une glace quand on se promenait, répliqua Mei.

Chaque évocation d'Augustin par la fillette lui faisait l'effet d'un poignard remué dans une plaie encore à vif et elle avait toutes les peines du monde à ne rien laisser transparaître. Elle s'éclaircit donc la voix avant de reprendre le plus naturellement possible.

— C'est vrai que ton papa était très gourmand. Mais, moi aussi ! Je te propose donc que l'on trouve un glacier, et qu'ensuite nous prenions le chemin de la gare pour ne pas rater notre train.

— Super ! s'exclama Mei en levant les bras en l'air pour célébrer sa victoire.

Elles avaient passé une excellente journée à Hangzhou, ville située à environ cent cinquante kilomètres de Shanghai et réputée pour son lac bordé d'une jolie promenade, offrant une magnifique vue sur les collines verdoyantes environnantes. Une fois arrivées en milieu de matinée après un trajet d'une heure dans un train à grande vitesse, elles avaient suivi la foule qui se pressait jusqu'aux rivages, où elles s'étaient baladées un moment, avant de monter dans un bus qui les avaient amenées jusqu'à l'entrée du temple Lingyin. Situé en pleine nature, il offrait aux visiteurs une fraîcheur bienvenue et une pause agréable après l'effervescence qui régnait en ville. Malgré le nombre important de touristes et de pèlerins, une certaine sérénité se dégageait de ce monastère bouddhiste, entouré d'une forêt qui regorgeait de grottes et de sculptures religieuses imposantes, taillées à même la roche.

Johanna s'était rarement sentie aussi dépaysée. Alors qu'elle avait eu la chance d'effectuer un certain nombre de voyages au cours de ses seize ans de vie commune avec Augustin, elle n'avait jamais mis les pieds sur le continent asiatique avant de venir en

Chine. Passant d'un pavillon à l'autre, elle avait admiré les énormes bouddhas de bronze qui les dominaient de toute leur hauteur ; elle avait épié les moines, aux crânes rasés et aux corps drapés dans leur *kesa*, la robe traditionnelle rouge et ocre, plongés dans leurs prières et avait tenté de reconnaître, avec l'aide de Mei, certains caractères chinois inscrits sur les colonnes dorées.

L'après-midi était bien avancée quand elles avaient quitté ce lieu hors du temps pour retourner sur les bords du lac.

Leurs glaces englouties, elles se hâtèrent de rejoindre la gare. A peine furent-elles installées dans leur wagon que Mei, épuisée et collante de sueur, s'endormit, lovée contre Johanna. Celle-ci se cala dans son siège et laissa vagabonder ses pensées. Cette petite escapade lui avait fait du bien. Après avoir vécu près de trois semaines dans une ambiance bétonnée, elle avait apprécié de revoir un peu de verdure, même si la pollution se faisait également sentir à Hangzhou. Elle se demandait comment les habitants de Shanghai la supportaient au quotidien, même si elle savait l'humain capable de s'adapter à des conditions de vie bien plus extrêmes. Laissant ses réflexions philosophiques de côté, elle concentra son attention sur ce qui lui restait à accomplir avant son retour en France le dimanche suivant. Le programme des premiers jours avait été chargé. Elle avait passé le maximum de temps possible avec Mei, afin d'établir une relation la plus forte et authentique possible en un temps relativement court. Elles s'étaient ainsi occupées pendant des heures, en faisant toutes les activités dont raffolaient les petites filles au tempérament calme comme Mei et qui disposaient d'un adulte à la patience d'ange comme Johanna. Elles avaient rempli des cahiers de coloriage, joué un nombre incalculable de parties de Memory, fabriqué des colliers et des bracelets de perles à profusion, organisé de nombreux goûters pour poupées et peluches, … Mais ce que la petite fille préférait par-dessus tout, c'était que Johanna lui raconte des histoires. Celle-ci avait commencé par lui lire plusieurs fois la vingtaine de livres en français rangés sur une petite étagère près de son lit. L'ennui l'avait cependant vite poussée à inventer ses propres aventures, mêlant contes traditionnels et péripéties sorties de sa propre imagination. Elle adorait la façon dont Mei se laissait emporter par ses récits et les prolongeait au maximum pour ne pas rompre la magie de ces instants de partage.

Elles s'étaient également beaucoup promenées dans la ville et avaient profité des week-ends pour faire des excursions plus éloignées de l'appartement. Johanna avait entre autres fait la surprise à Mei de l'emmener au zoo pour célébrer son cinquième anniversaire. C'était la première fois qu'elle y allait et cela avait été un réel plaisir de lire sur son visage la fascination qu'elle éprouvait en découvrant les animaux. Une autre fin d'après-midi, elles étaient montées au cent-dix-huitième étage de la Shanghai Tower, deuxième plus haute tour au monde.

L'ascension fulgurante des cinq-cent-quarante-huit mètres, à la vitesse de dix-huit mètres par seconde, avait déjà été une expérience en soi. Johanna garderait cependant surtout en mémoire pour longtemps, le coucher de soleil époustouflant sur la ville et le spectacle offert par l'illumination des gratte-ciels, avec en vedette la Perle de l'Orient, tour de télévision connue mondialement pour son architecture originale de toute beauté. Du haut de cet observatoire, elle s'était une nouvelle fois demandée, si les choses auraient pu tourner différemment si elle avait accepté d'accompagner Augustin lors de l'un de ses déplacements professionnels en Chine. Elle ne le saurait jamais, mais elle était intimement convaincue qu'elle était passée à côté d'une occasion d'atteindre un niveau plus profond dans sa relation avec son mari et elle le regrettait amèrement.

Jia-Li avait refusé de les suivre dans leurs expéditions. Elle se sentait trop faible pour supporter des journées de visite dans la foule. Ce n'était toutefois pas l'unique raison. Elle avait décidé de se mettre en retrait pour permettre dès à présent à Johanna de prendre toute sa place auprès de Mei. Elle tenait à ne pas interférer dans leur relation et à ne pas mettre sa fille dans une position inconfortable. Elle ne voulait en effet pas qu'un conflit de loyauté l'empêche de développer un réel attachement envers sa nouvelle « Maman » par peur de faire du mal à sa « Māmā ». C'est pourquoi elle les laissait le plus souvent en tête-à-tête et en profitait pour se reposer.

Jia-Li les avait tout de même accompagnées lorsqu'elles étaient allées rendre visite à ses parents. L'état de son père s'était encore détérioré et il ne la reconnaissait désormais que par intermittence. La dernière fois que Mei et elle s'étaient rendues à leur domicile, quelques semaines auparavant, la fillette avait eu très peur en le voyant entrer dans une colère noire quand sa femme avait voulu l'aider à manger. Pour Jia-Li aussi, il était difficile de voir cet homme, autrefois si fier, transformé en vieillard, et elle comprenait la frustration qui devait être la sienne. Elle aurait préféré que sa mère se déplace chez elles, pour éviter une nouvelle confrontation entre Mei et son grand-père. Mais la vieille dame avait insisté, arguant du fait qu'elle ne trouvait plus personne acceptant de garder son mari plus d'une heure et qu'il n'était plus possible de le laisser seul. Jia-Li ne pouvait lui refuser cette visite, sachant qu'elle avait décidé d'envoyer leur unique petite-fille vivre à des milliers de kilomètres d'eux. Elle savait que, malgré le déshonneur qu'elle leur avait apporté en donnant naissance à cette enfant hors mariage, ils s'étaient attachés à Mei et qu'elle allait profondément manquer à sa mère. Cette dernière avait cependant compris la décision de Jia-Li, tout en espérant du fond du cœur pouvoir garder un lien avec la fillette.

Elles avaient eu la chance d'arriver alors que le père de Jia-Li était dans un de ses bons jours. Il avait semblé ravi de les voir et avait toléré la présence de l'inconnue sans broncher. Johanna avait fait attention à rester discrète pour ne pas le troubler et la visite s'était bien déroulée. En partant, elle avait promis à Madame Sun, qui s'accrochait à sa petite-fille en pleurant, de lui envoyer des photos de manière régulière et de revenir à Shanghai avec Mei. Elle n'avait pas osé ajouter que la vieille dame pourrait leur rendre visite en France, par peur que cette proposition ne laisse sous-entendre qu'il lui faudrait attendre le décès de son mari.

Pendant que Mei était à l'école, Jia-Li et Johanna avançaient dans les préparatifs du départ. La bonne nouvelle était qu'Augustin avait anticipé les choses et avait déjà obtenu un passeport français pour Mei. Quant à Jia-Li, elle possédait un passeport chinois valide et ne devait donc plus qu'obtenir un visa longue durée pour la France. Johanna l'avait aidée à rassembler toutes les pièces nécessaires et elles étaient allées ensemble déposer le dossier au centre des visas. Elles espéraient recevoir une réponse positive avant le départ de Johanna. Elles avaient également effectué toutes les démarches qui pouvaient être faites dès à présent et informé l'équipe enseignante du départ de Mei à la fin de l'année scolaire. Jia-Li avait de plus prévenu le propriétaire de son appartement qu'elle souhaitait résilier son contrat de location. La discussion avait été un peu ardue, mais elle avait obtenu de cesser le versement de son loyer à la fin du mois de juillet, et non pas à la date du renouvellement du bail en décembre. Comme il s'agissait d'un petit meublé et qu'elle avait toujours vécu de façon modeste, Jia-Li ne possédait que peu d'effets personnels. Le tri des affaires qu'elle souhaitait emmener avec elles en France fut donc assez simple. Elle ne désirait conserver que les choses qu'il lui importait de transmettre à Mei, pour qu'elle ait une trace de sa petite enfance et des objets qu'elle pourrait relier aux souvenirs qui lui resteraient de sa Māmā.

Alors que le train ralentissait avant d'entrer en gare de Shanghai et que Mei se réveillait en douceur, Johanna se dit qu'il fallait qu'elle profite de sa dernière semaine ici pour essayer de revoir Alex. Elle était restée en contact avec lui depuis son retour dans la région lyonnaise et elle savait qu'il avait prévu de venir en Chine dans les prochains jours pour le travail. Elle serait heureuse de lui présenter celle qu'elle commençait en secret à appeler sa fille. Elle posa un regard rempli d'amour sur Mei, serra sa main menue qu'elle avait glissée dans la sienne et prit tranquillement le chemin du retour vers l'appartement où les attendait Jia-Li.

35

« Mon Amour,

Je me sens si seule ce soir. Tu me manques, tu me manques tellement ! Et pourtant, je suis encore furieuse contre toi pour m'avoir laissée dans cette situation ! Regarde-moi, à écrire à un mort dans un vieux journal intime retrouvé chez ma mère. Je ne sais même pas ce que je suis en train de faire ! Et je ne te parle pas uniquement de ces mots que je couche rageusement sur le papier alors même que tu ne pourras jamais les lire. Je fais bonne figure, je fais semblant d'être forte et de savoir où je vais, alors qu'au fond de moi, je tremble de peur. J'ai une de ces frousses ! Et je doute, si tu savais comme je doute ! Est-ce que je ne suis pas en train de faire une immense connerie ? Il y a vraiment des jours où je me demande ce que je fous là ! C'est une aventure trop grande pour moi, je ne suis pas taillée pour affronter tout ça et porter la charge de deux personnes. J'ai déjà du mal à m'assumer moi-même…

Pourquoi ne m'as-tu rien dit ? Pourquoi a-t-il été aussi difficile pour toi de me dire la vérité ? Je croyais que notre couple était basé sur une confiance mutuelle et sur le partage de valeurs. C'est vrai que je tenais envers l'adoption un discours très hostile. Mais plus j'y pense, plus je suis persuadée qu'avec les bons mots, tu aurais pu me faire changer d'avis, surtout avec des « arguments » de choc comme Mei et Jia-Li !

La preuve en est que, malgré ta trahison, malgré ma situation, malgré mes inquiétudes, je me suis embarquée dans le processus toute seule. Voilà des semaines que je cours d'une administration à une autre, ici à Lyon et à Shanghai, moi qui pourtant déteste ça ! Et encore, tu m'as bien facilité la tâche en reconnaissant cette petite. Mais quand même… je ne cesse de me demander comment tu as pu faire tout ça sans m'en tenir informée, moi, Ta Femme ! Qu'est-ce qui te retenait de tout m'avouer ? Était-ce uniquement l'envie de me protéger ou était-ce plutôt pour te protéger toi-même ? Est-ce que ton amour pour Jia-Li n'était que fraternel comme elle le prétend ? Je n'aurais jamais de réponses à toutes ces questions. Je me demande parfois où je trouve la force d'avancer.

C'est dur, j'ai la trouille et dans le même temps, je ne me suis jamais sentie aussi vivante ! Sans Mei, je crois que je serais encore en train de m'abrutir devant des programmes télé ineptes pour oublier mon chagrin.

Pour elle, j'ai eu le courage de quitter le confort de ma vie anglaise pour repartir de zéro, ou presque, en France. Cela me fait bizarre de vivre désormais dans un appartement dans lequel tu n'as jamais respiré… tu accompagnes cependant chacun de mes pas… je te parle à haute voix, je t'engueule, comme si tu pouvais m'entendre !

J'espère que sa nouvelle chambre plaira à Mei. Je n'ai pas lésiné sur le rose, sa couleur préférée, et lui ai préparé un beau décor de fées. Elle aura bien besoin d'un peu de leur magie pour affronter les épreuves qui l'attendent… Je ne sais pas comment elle va réagir en découvrant son nouvel environnement, si différent de celui qu'elle connaît. Elle maîtrise déjà très bien la langue française, c'est déjà ça ! Je lui ai fait une visite guidée en vidéo de son nouveau chez-elle lors de notre dernière conversation par ordinateur. Elle avait l'air ravie. Mais que comprend-elle réellement de ce qui l'attend ? Comment va-t-elle supporter la disparition de sa vraie mère, après avoir déjà vécu la tienne ?

Pauvre Jia-Li ! Lorsque je l'ai revu à Shanghai, elle était méconnaissable. Elle qui n'était déjà pas épaisse, n'a plus que la peau sur les os et la douleur ne lui laisse que peu de répit. Je sais que seule la perspective de venir en France avec Mei la fait tenir. Elle voulait rester là-bas initialement. Mais comment aurais-je pu la laisser derrière nous ? Je l'ai persuadée d'accompagner Mei vers sa nouvelle demeure, qui sera pour elle la dernière, et je l'ai aidée à faire toutes les démarches pour préparer son départ. Nous avons eu un peu peur en ne voyant pas sa demande de visa aboutir avant la fin de mon séjour avec elles. Je te laisse imaginer notre soulagement lorsque Jia-Li m'a annoncé que la France lui avait accordé un visa de neuf mois. Est-ce que toi aussi tu vois un signe dans le fait qu'il soit de la durée d'une grossesse (alors que nous avions demandé un visa d'un an) ?

Demain, je m'envole pour la troisième fois de ma vie pour l'Empire du Milieu. J'en reviendrai dans quelques jours, accompagnée de celles qui ont été pendant toutes ces années les passagères clandestines de ton cœur. J'aurais aimé que tu sois à mes côtés, mais le destin en a décidé autrement.

J'espère arriver à te pardonner un jour de ne pas m'avoir fait suffisamment confiance. Mais sache que malgré tout, je t'aime. »

Johanna reposa son stylo. La rage qui avait dicté ses premiers mots s'était dissipée, laissant place à la mélancolie. Par la fenêtre ouverte lui parvenaient les bruits de la ville assourdis par la nuit. Elle n'avait pas imaginé qu'il lui serait aussi difficile de se réhabituer à la vie urbaine, après toutes ces années à mener une existence tranquille à la campagne, où seuls les bêlements des moutons et le bruissement des feuilles dansant dans le vent venaient troubler le silence. Elle avait jeté son dévolu sur cet appartement en grande banlieue de Lyon, moins à cause de son charme que de son loyer raisonnable et de sa situation idéale, proche de toutes les commodités et de l'aéroport, pour lui permettre de retourner en Angleterre régulièrement. Son pays d'adoption lui manquait et elle avait du mal à se réadapter à la France qu'elle avait quittée depuis si longtemps.

Elle appréciait néanmoins de s'être rapprochée géographiquement de sa sœur, dont la maison était située dans le village voisin. Une nouvelle complicité s'était développée entre elles, et Johanna lui était reconnaissante du soutien sans faille qu'elle lui avait apporté depuis son retour.

Elle se leva en jetant un œil aux pattes de mouche illisibles qui remplissaient les pages de son journal. Elle le referma avant de le glisser dans le tiroir de son bureau. Cette petite séance d'écriture lui avait fait du bien et elle sentait que la tension qui crispait ses mâchoires s'était relâchée.

La chaleur en cette fin de mois de juin s'infiltrait dans les logements et, malgré l'heure tardive et la légère brise qui s'était levée dans la soirée, la température était à peine descendue. Johanna retourna voir si tout était en place dans la chambre de Mei avant de se glisser entre ses draps.

Le sommeil la fuyait et elle savait qu'elle allait compter les heures jusqu'à son départ le lendemain. Après s'être tournée et retournée dans son lit sans trouver de position confortable, elle renonça à dormir et attrapa son téléphone. Elle avait besoin de parler à quelqu'un et comptait bien sur Lisa pour être disponible. Sans surprise, son amie décrocha à la deuxième sonnerie.

— Jo, ma belle, quelle bonne surprise de t'entendre !

— Coucou Lisa ! Je ne te dérange pas ?

— Pas du tout, je rentre à l'instant du restaurant. On a eu du monde ce soir, il faisait beau et cela a donc incité les gens à sortir. Les tables à l'extérieur étaient prises d'assaut et nous avons même dû refuser du monde ! dit Lisa d'une voix enthousiaste.

Johanna, les yeux mi-clos et un pincement au cœur, se représenta la scène et laissa son imagination la transporter au milieu de l'ambiance animée qui régnait au Red Lion, en particulier à la belle saison lorsqu'elles invitaient un groupe local à se produire sur la petite scène qu'elles avaient aménagée sur la terrasse. Semblant lire dans ses pensées, Lisa ajouta :

— Dommage que tu n'aies pas été là, tu aurais adoré la musique ce soir ! C'est Lauren, notre nouvelle recrue, qui est top d'ailleurs, qui nous a proposé un couple d'amis à elle. Ils sont tout jeunes mais je peux te dire qu'ils sont géniaux et qu'ils ont remporté un franc succès.

— J'aurais vraiment aimé être avec vous, répondit Johanna, ne pouvant cacher l'émotion qui l'avait saisie à l'évocation de ce qui était pour elle, encore il y a peu, une soirée ordinaire.

— Tu nous manques aussi, lâcha Lisa dans un soupir. Désireuse de détendre l'atmosphère, elle enchaîna aussitôt :

— Et comme tu es partie, je n'ai plus personne pour aller courir avec moi.

— Qu'est-ce que tu me racontes ? Nous ne sommes jamais allées courir ensemble ?

— Ben justement, j'avais prévu de m'y mettre et à cause de toi, j'ai dû renoncer à prendre enfin soin de mon corps, répliqua Lisa d'un ton faussement boudeur.

Johanna se mît à rire.

— Toi, courir ? Même pas en rêve ! Ah, quoique…, si c'est pour un verre de vin, peut-être que tu daignerais bouger tes fesses ?

— Tu plaisantes ou quoi, rigola Lisa. C'est plus facile d'aller chercher une bouteille dans mon frigo. En fait, c'est même exactement ce que je vais faire maintenant ! Tu m'accompagnes ?

— Non, merci ! Je n'ai rien au frais. Et il faut quand même que je sois à peu près d'aplomb pour voyager demain.

— Ah, c'est vrai, c'est le grand jour !

— Oui, et je suis terrorisée !

— Mais non, ne t'inquiète pas, je suis sûre que tout va très bien se passer. Tu m'as dit toi-même que ton séjour à Shanghai s'était très bien déroulé.

— Oui, mais c'était chez elles ! Imagine si Mei ne s'adapte pas ici.

— Oh, eh bien, tu la renverras dans son pays et tu reviendras vivre près de moi, affirma Lisa avec fermeté.

— Lisa, mais tu es odieuse, dit Johanna, choquée. C'est un enfant dont on parle, pas d'un vulgaire paquet.

Lisa émit un petit sifflement.

— Eh bien, c'est toujours aussi facile de te faire marcher ! Enfin, je dirais même… courir ! Relax, tu sais bien que je plaisantais. Je ne me fais aucun souci, tu vas être une super maman pour Mei ! Il y aura sûrement des moments difficiles, mais c'est le lot de tous les parents, tu peux me croire ! Et si elle a du mal avec les Français, ce qui pourrait se comprendre, vous n'aurez qu'à venir rendre visite au monde civilisé de l'autre côté de la Manche.

— Tu parles, sourit Johanna, je sais déjà que tu vas avoir une très mauvaise influence sur elle et je ne suis pas sûre de vouloir te la présenter avant qu'elle ait atteint un âge suffisant pour supporter le choc de cette rencontre.

Lisa éclata de rire.

— Ah ma Jo, que cela me fait du bien de te parler ! Ce n'est plus pareil ici sans toi ! Promets-moi de revenir vite nous voir.

— C'est promis. Comment vont les enfants et Richard ?

— Fidèles à eux-mêmes, adorables et insupportables en alternance !

Leur conversation se prolongea jusqu'à ce que leurs téléphones leur tombent des mains de fatigue et

Johanna plongea dans un sommeil sans rêve quelques secondes seulement après avoir raccroché. Lorsque le réveil se déclencha au petit matin, elle sauta de son lit et fila sous la douche. Malgré sa courte nuit, elle se sentait pleine d'énergie et prête à relever le défi de sa nouvelle vie. En elle résonnaient les dernières paroles de Lisa : « *Toi et moi, nous faisons partie de la catégorie des battantes ! Quels que soient les obstacles que nous rencontrons sur notre chemin, nous avançons, coûte que coûte. Ce n'est pas toujours facile et nous sommes parfois tentées d'abandonner, comme tant d'autres. Mais nous savons que derrière chaque épreuve surmontée avec courage se cache la récompense ultime : le bonheur et la fierté d'avoir réussi. Ma Jo, ne renonce jamais !* »

36

La tension était palpable. Julie observait sa mère du coin de l'œil. Sa manie de ronger ses ongles et de les laisser, l'air de rien, tomber sur le tapis, la mettait hors d'elle. Elle était toutefois bien décidée à ne pas démarrer cette journée par un combat perdu d'avance, qui mettrait ses nerfs encore un peu plus à rude épreuve.

— A quelle heure atterrissent-elles, déjà ? lui demanda Patricia, laissant ses doigts tranquilles un instant.

— Maman, cela fait au moins dix fois que je te le dis, répliqua Julie, excédée. L'avion était prévu à neuf heures trente à Lyon, mais le site de l'aéroport l'annonce avec plus d'une heure de retard. Elles ne vont donc pas arriver tout de suite. Pourquoi tu n'irais pas te préparer avant que les enfants ne se réveillent ? Cela évitera les embouteillages dans la salle de bains !

Et tu me ficheras la paix pendant un moment ! pensa-t-elle, en se levant pour se servir un deuxième café.

Patricia se hissa avec difficulté hors du canapé en grommelant.

— Mais quand même, je ne comprends pas pourquoi Johanna n'a pas voulu qu'on aille les chercher ? C'est ridicule de prendre un taxi pour quelques kilomètres !

— Elle n'avait pas envie que notre première rencontre avec Mei et Jia-Li se fasse au milieu du hall des arrivées, sous les regards curieux de centaines d'inconnus. C'est compréhensible, non ? lui répondit sa fille, en la poussant vers le couloir. Allez, va prendre ta douche pendant que je prépare le petit-déjeuner.

De retour à la cuisine, Julie s'affaira en fredonnant. Elle était aussi impatiente que sa mère de faire enfin la connaissance de Mei, après en avoir entendu parler jusqu'à frôler l'overdose toutes ces dernières semaines. Elle n'en avait pas cru ses oreilles quand sa sœur lui avait révélé le secret d'Augustin. Elle n'aurait jamais pu imaginer que son beau-frère, si lisse, si propre sur lui, soit capable de mener une double vie. Comme quoi, il fallait toujours se méfier des apparences ! Elle devait admettre qu'elle avait des doutes à propos de cette histoire de mystérieux Américain, soi-disant géniteur de Mei. Mais qui était-elle pour la remettre en cause, si c'était celle à laquelle avait choisi de croire Johanna ? Seul comptait pour Julie le bonheur de sa sœur, et il semblait bien que cette petite fille jouait un rôle déterminant dans sa reconstruction.

Lorsque la voiture se gara devant la maison en fin de matinée, tous ses habitants en jaillirent comme des diables de leur boîte.

Johanna, les traits tirés de fatigue mais le sourire aux lèvres, sortit la première, suivie par Mei tout intimidée, qui s'empressa de se faufiler entre ses jambes pour se cacher. Johanna s'accroupit auprès d'elle pour la rassurer.

— Mei, je te présente ma famille. Ne t'inquiète pas, ils sont très gentils, ils sont juste un peu excités car ils ont très envie de te rencontrer. Est-ce que tu les reconnais ? Je t'ai montré des photos d'eux dans l'avion. Voici Patricia, tu peux l'appeler Maminette, c'est ma maman ; là c'est ma sœur Julie et son mari Benoît. Et les trois ouistitis qui sautent de partout en se marrant, ce sont leurs enfants : Léna, Gabriel et Valentin. Léna a huit ans, c'est une grande, mais les garçons ont presque le même âge que toi, six ans et trois ans.

Pendant que Johanna faisait les présentations, le chauffeur de taxi avait déposé les valises sur le trottoir et aidé Jia-Li à les rejoindre. Cette dernière, telle une personne âgée à l'équilibre fragile, s'agrippa au bras de Johanna comme à une bouée de sauvetage. Elle tremblait autant d'épuisement que d'émotion, en voyant la chaleur avec laquelle était accueillie sa fille. Elle se laissa guider à petits pas à l'intérieur de la maison et accepta avec reconnaissance la place que lui proposait Julie, dans un fauteuil confortable installé dans un coin du salon. De là, elle pouvait observer Mei faire connaissance avec sa nouvelle famille, tout en se faisant oublier.

Voyant que la petite fille se laissait apprivoiser très facilement par Léna, Gabriel et Valentin, qui lui montraient leurs jouets avec fierté, chacun cherchant à attirer à lui son attention, Johanna rejoignit sa sœur dans la cuisine.

— Qu'est-ce qu'elle est belle cette petite. Encore plus en vrai que sur les photos ! s'exclama Julie en la voyant franchir la porte. Alors, comment s'est passé le voyage ? Je sais que tu l'appréhendais un peu…

— Pas trop mal. Jia-Li avait pris des somnifères et a dormi presque tout du long. Quant à Mei, elle était tellement absorbée par les dessins animés que je n'ai pas eu besoin de m'occuper d'elle. Je sens cependant que la fin de journée sera plus dure, avec le décalage horaire et sa courte nuit. On ne va pas rester très longtemps je pense, je suis crevée moi aussi, répondit Johanna en étouffant un bâillement.

— Aide-moi à éplucher les légumes, ça te tiendra éveillée ! J'ai demandé à Laure de passer pour le café, vous pourrez donc filer juste après le repas. Ce sera l'occasion pour vous d'établir un premier contact et de voir si vous pouvez mettre quelque chose en place pour Jia-Li. Tu verras, elle est super gentille et c'est une infirmière géniale !

— C'est elle qui a soigné Ben après son opération il y a quelques années, c'est bien ça ?

— Oui, elle venait lui changer son pansement, c'est comme ça que je l'ai rencontrée et nous sommes restées bien copines depuis.

— Merci de t'être occupée de ça. J'avoue que cela me rassure d'avoir affaire à une infirmière que l'on me recommande, plutôt qu'à une totale inconnue pour m'aider à m'occuper de Jia-Li. J'ai une telle appréhension concernant l'évolution de son état. D'autant qu'elle m'a confié ne pas vouloir finir ses jours dans un hôpital, entourée d'étrangers dont elle ne comprend pas très bien la langue.

Julie reposa son économe et enlaça sa sœur.

— Jo, lui dit-elle avec douceur. C'est déjà formidable ce que tu fais pour elle. Je suis tellement admirative de la façon dont tu gères toute la situation. C'est normal que tu aies peur, je serais tétanisée par l'angoisse si j'étais à ta place !

— Tu n'en sais rien, réagit Johanna, les épreuves peuvent révéler des ressources insoupçonnées en toi. Je n'aurais jamais imaginé être capable de faire toutes les choses que j'ai faites ces derniers mois, comme voyager seule jusqu'en Chine, déposer un dossier d'adoption et surtout revenir habiter à quelques kilomètres de chez ma mère !

Le rire aiguë de Julie fusa, perçant le tympan gauche de Johanna.

— Ça, c'est un véritable exploit ! Ceci dit, tu dois reconnaître qu'elle t'a bien aidée à t'installer et qu'elle attendait Mei avec joie.

Johanna se recula et sourit à sa sœur d'un air complice.

— C'est vrai ! Mais je crois que je l'aurais étripée s'il avait fallu que je vive un jour de plus avec elle ! Heureusement que j'ai trouvé mon appartement assez vite.

— Ne m'en parle pas ! Elle me saoule déjà après une seule nuit passée chez nous. Toujours à faire ses petites remarques sur le rangement de ma maison ! Ok, il n'est pas parfait, mais c'est mon problème, pas le sien, non ? Autant te dire qu'en attendant votre arrivée, je me maudissais de l'avoir invitée à rester après avoir gardé les enfants hier soir. Mais bon, je n'allais tout de même pas la renvoyer chez elle à minuit passé, alors qu'il était prévu qu'elle vienne aujourd'hui.

En écoutant Julie se plaindre de leur mère, Johanna eut la sensation d'être transportée dans leur adolescence, à l'époque où elles se retrouvaient dans la salle de bains pour papoter pendant des heures en se faisant les ongles ou des teintures de cheveux aux couleurs improbables.

— Au fait, reprit Julie, fidèle à sa réputation de moulin à paroles, où en es-tu de la procédure d'adoption ?

— Mon avocat a déposé la requête en adoption simple auprès du tribunal de grande instance, il y a trois semaines. Il ne nous reste plus qu'à attendre le jugement, d'ici environ six mois je crois.

— Rappelle-moi la différence entre l'adoption simple et l'autre ?

— Cela valait le coup que je t'explique tout quand j'ai commencé la procédure, rétorqua Johanna d'un ton sarcastique.

— Oh, ça va ! Je te rappelle que j'ai perdu un bout de cerveau à la naissance de chacun de mes enfants.

— Ma pauvre Juju ! Déjà que tu n'avais pas été très bien dotée au départ, la taquina Johanna.

— Tu me l'as déjà faite celle-là, sale peste, rigola Julie. Bon, alors, tu me réponds !

Johanna poussa un soupir feint.

— Ok, je recommence une dernière fois pour ma petite sœur chérie, qui est un peu longue à la comprenette. L'adoption simple, contrairement à l'adoption plénière, maintient le lien avec la filiation d'origine, ce qui était important pour moi par respect pour Jia-Li, tout en m'investissant de tous les droits et devoirs de l'autorité parentale. De plus, Mei n'avait pas besoin d'avoir vécu avec moi durant six mois pour que je puisse déposer le dossier, même s'il me faut prouver l'existence d'un véritable lien avec elle, d'où mon long séjour à Shanghai en mai. C'est mon avocat qui m'a conseillé de faire cette démarche d'adoption simple. L'idée est que cela me donne au plus vite une vraie existence légale vis-à-vis de Mei, avant le décès de Jia-Li, en espérant que cette dernière survive jusqu'au jugement. Maître Monier nous a aussi fortement recommandé de prendre rendez-vous avec un notaire tant que Jia-Li était encore lucide pour qu'elle puisse faire un testament me désignant comme tutrice. Cela évitera à Mei d'être placée par le juge des tutelles après la disparition de sa mère, en attendant son adoption plénière, pour laquelle je n'aurai pas besoin non plus de faire de demande d'agrément auprès du Conseil Général puisqu'elle est légalement la fille d'Augustin.

— J'ai tout compris, professeur ! Je te souhaite de tout cœur que tout marche comme sur des roulettes. Et maintenant, tu as le droit de reprendre ton activité de commis de cuisine et de me faire une bonne sauce de salade.

— Bien, chef !

Le reste de la journée se déroula dans une ambiance gaie et animée et la visite de Johanna, Jia-Li et Mei se prolongea bien après le passage de Laure, laquelle leur fit une impression très favorable. Il était déjà cinq heures passées lorsqu'elles prirent congé de leurs hôtes et s'installèrent dans la voiture de Benoît, qui avait gentiment proposé de les conduire. Elles étaient toutes les trois exténuées et elles se laissèrent bercer par la voix envoûtante de Tracy Chapman durant tout le trajet jusqu'à l'appartement.

Malgré la fatigue, l'émerveillement se lut sur le visage de Mei lorsqu'elle découvrit sa chambre. Elle allait d'un objet à un autre en poussant des petits cris de joie, ne sachant plus où donner de la tête.

Assise sur le petit lit, émue aux larmes, Jia-Li s'extasiait en chœur et battait des mains telle une enfant. Johanna éprouvait un tel sentiment d'irréalité face à cette scène qu'elle avait imaginée un nombre incalculable de fois, sans jamais en éprouver l'intensité, que cela lui donnait presque le vertige. Elle s'avança au centre de la pièce, comme un figurant se plaçant soudain sous la lumière des projecteurs, et fut récompensée de son initiative par l'actrice vedette, qui se précipita vers elle, lui agrippa les jambes de ses petits bras potelés tout en répétant en mode disque rayé, d'une voix où perçait l'incrédulité, « C'est ma chambre à moi ? c'est ma chambre à moi ? ».

Johanna la prit dans ses bras avant de la déposer entre elle et Jia-Li sur la couette blanche, décorée de fleurs et de papillons roses et bleus, ainsi que d'une immense fée Clochette en son milieu.

— Oui ma puce, tout ceci est à toi et je suis très contente que cela te plaise. Ta māmā et toi, vous allez vivre ici avec moi maintenant. Nous allons profiter des vacances d'été pour faire plein de choses ensemble, puis tu iras à ta nouvelle école en septembre.

— Je voudrais que Papa soit là, murmura Mei.

— Moi aussi ma puce. Mais le plus important, c'est qu'il soit présent dans nos cœurs. Et regarde, poursuivit Johanna en se penchant pour attraper un cadre posé sur la table de nuit, j'ai mis une photo de lui juste à côté de ton lit. Comme ça, tu pourras lui parler à chaque fois que tu en auras envie, conclut-elle en effleurant le sommet de son crâne d'un baiser.

Jia-Li, sans comprendre le contenu précis de leur échange en français, avait néanmoins saisi le sens de leurs dernières paroles. Elle attrapa sa fille par la taille pour l'installer sur ses genoux. Ce geste lui demanda un effort malgré le poids plume de Mei. Ignorant la douleur, elle se mit à se balancer doucement en chantant tout bas. Calmée par ce bercement, Mei s'endormit comme un bébé en quelques minutes au creux de ses bras. Elle continua à la bercer ainsi jusqu'à ce que ses bras soient engourdis. Puis, aidée par Johanna, elle lui retira son petit pantalon avant de l'allonger avec délicatesse.

Un peu plus tard, alors que Johanna s'apprêtait à quitter la chambre qui était désormais celle de Jia-Li - lui réserver le lit le plus confortable pour s'installer quant à elle sur le canapé du salon était une évidence, malgré les protestations gênées de la jeune femme - cette dernière la rappela.

— Johanna, je voulais juste te remercier à nouveau pour tout. Tu es une magnifique personne et tu vas être une mère de substitution formidable pour Mei. J'ai été tellement heureuse de la voir si bien entourée aujourd'hui par sa nouvelle famille. Vous faites tous preuve d'une gentillesse extraordinaire à son égard. Et au mien ! Je sens la mort étendre un peu plus à chaque seconde ses immenses tentacules autour de moi. Mais je n'ai plus peur, je suis sereine grâce à toi. Je sais maintenant que tout ira bien pour Mei.

Une boule bloquait la gorge de Johanna, l'empêchant de prononcer un seul mot. Elle se contenta de prendre les mains de Jia-Li dans les siennes et de les presser en lui souriant. Elles n'avaient pas besoin d'en dire plus pour savoir que toutes deux pensaient à Augustin, le grand absent qui continuait pourtant à imprimer sa marque sur leur vie.

37

Johanna fut tirée d'un sommeil sans rêve et il lui fallut quelques instants pour en réaliser la raison. Un faible gémissement lui parvenait, provenant sans aucun doute possible de la chambre mitoyenne à la sienne. La brume qui engourdissait son cerveau s'évapora et elle sauta hors de son lit pour se précipiter au chevet de Mei. Le visage de porcelaine de la fillette encore endormie était baigné de larmes et elle semblait mener un combat acharné contre un ennemi invisible, son petit corps se débattant en tous sens et ses cris de frayeur montant en puissance.

Comme lors des nuits précédentes, Johanna l'enlaça avec fermeté et lui chuchota des paroles de réconfort jusqu'à ce qu'elle cesse de lutter et que ses muscles se détendent. Des sanglots étouffés la secouaient par intermittence et Johanna attendit que les soubresauts se soient calmés avant de la soulever avec douceur et de la porter jusqu'à sa chambre. Elle l'installa sous la couette et se glissa à ses côtés, heureuse de retrouver un peu de chaleur après avoir passé de longues minutes à genoux sur le parquet gelé. Il était quatre heures du matin et le chauffage ne redémarrerait pas avant six heures. Malgré le double vitrage, le froid hivernal qui s'était abattu sur la France depuis le début du mois de décembre semblait s'être engouffré dans l'appartement. Johanna se pelotonna contre Mei et essaya de se rendormir, chassant de son esprit ses inquiétudes concernant ces cauchemars qui, après avoir quasiment disparu peu de temps après son arrivée à Lyon, étaient revenus en force depuis le décès de Jia-Li.

La jeune femme s'était éteinte à la fin du mois de novembre et sa disparition avait bousculé l'équilibre précaire de leur vie à trois. Comme elle le lui avait promis, Johanna s'était occupée d'elle jusqu'au bout, aidée dans cette tâche douloureuse par une communauté solidaire sans laquelle elle n'aurait jamais réussi à tenir. Laure, l'infirmière extraordinaire recommandée par Julie, Marina et Carole, les aides-soignantes si douces, Patricia, sa mère, qui avait fait preuve d'une patience insoupçonnée, toutes avaient joué leur rôle de soutien à la perfection.

Johanna avait fait de son mieux pour offrir en parallèle à Mei une vie aussi normale que possible, tout en lui laissant passer du temps avec sa Māmā lorsque celle-ci était suffisamment en forme. L'été était passé très vite. Jia-Li arrivait encore à les accompagner dans quelques sorties et elles avaient profité d'une météo magnifique pour découvrir les nombreuses activités de plein air proposées dans la région.

La rentrée avait été plus difficile. Mei avait eu beaucoup de mal à s'adapter à sa nouvelle école, malgré un accueil chaleureux de sa maîtresse de grande section de maternelle. Durant les trois premières semaines de septembre, Mei s'était accrochée aux jambes de Johanna en pleurant tous les matins et avait refusé de prononcer le moindre mot en classe. Puis, peu à peu, elle était sortie de son mutisme et avait commencé à jouer avec ses petits camarades. Elle était devenue très amie avec Hugo, un petit garçon au même tempérament calme qu'elle et attendait désormais avec plaisir le moment de le retrouver. L'état de santé de Jia-Li en revanche s'était détérioré à mesure que l'automne s'installait. Elle avait fait de son mieux pour le cacher mais personne n'avait été dupe. Sur les recommandations du médecin qui la suivait, Laure avait augmenté peu à peu la dose d'antidouleurs et les périodes durant lesquelles Jia-Li semblait absente de son propre corps s'étaient faites plus longues. Elle avait essayé de réserver ses intervalles de lucidité pour Mei, mais elle avait eu de plus en plus de mal à rester éveillée et à communiquer. Dans les jours qui avaient précédé sa mort, la petite fille avait refusé de rentrer dans la chambre, ne reconnaissant plus sa mère en la femme au visage cadavérique qui était allongée sur le lit médicalisé. Comprenant mieux que personne ses appréhensions, pour avoir eu les mêmes lorsqu'elle était enfant et que son père était tombé gravement malade, Johanna avait respecté sa décision. Elle préférait que Mei garde de sa Māmā l'image d'une jeune femme belle et enjouée, plutôt que de celle d'une mourante.

La période avait par ailleurs été extrêmement difficile pour Johanna, qui traversa une tempête émotionnelle dans les semaines qui précédèrent et celles qui suivirent l'anniversaire du décès d'Augustin. La résurgence du choc qu'elle avait subi lorsqu'elle avait compris qu'il faisait partie des victimes du crash et le manque provoqué par son absence se mêlaient en un magma confus à la culpabilité d'être vivante, de connaître des moments joyeux sans lui, et aux questionnements persistants sur tous les non-dits qui entachaient les souvenirs heureux.

Lorsque le 21 novembre, le Tribunal de Grande Instance de Lyon prononça l'adoption simple de Mei, Johanna eut la sensation de recevoir une énorme bouffée d'oxygène après une longue apnée. Elle n'avait pas réalisé à quel point elle avait vécu dans l'attente de cette décision et se sentit soudain soulagée d'une partie du poids qui pesait sur son cœur.

Elle profita d'un moment d'éveil de Jia-Li pour lui annoncer la bonne nouvelle. Trop épuisée pour parler, Jia-Li se contenta de lui adresser un faible sourire et de lui attraper la main. Johanna put néanmoins lire sur son visage émacié qu'elle partageait la même émotion qu'elle. Les deux jeunes femmes restèrent agrippées l'une à l'autre jusqu'à que Jia-Li s'assoupisse, rompant ainsi leur communion. Et, comme si la décision favorable du juge était le feu vert qu'elle attendait pour s'autoriser à partir, Jia-Li s'éteignit dans son sommeil la nuit suivante.

Johanna n'avait pas anticipé le bouleversement que provoquerait chez elle cette disparition. Le soulagement de ne plus la voir souffrir ne compensait pas le sentiment de perte qu'elle ressentait. Avec Jia-Li, c'était aussi le lien ténu qu'elle représentait avec Augustin qui mourait.

Sans la présence de Mei, Johanna aurait replongé dans le désespoir qui l'avait submergé après l'accident. Elle s'était promise de tout faire pour protéger celle qui était désormais officiellement sa fille et elle se consacrait corps et âme à cette tâche. Mei, quant à elle, ne semblait pas en apparence souffrir de la disparition de sa mère et n'exprimait aucune peine. Johanna soupçonnait cependant cette absence de réaction d'être en réalité un moyen dicté par son subconscient de se protéger. Les cauchemars qui hantaient les nuits de Mei en étaient d'ailleurs pour elle la preuve.

Johanna avait organisé les funérailles de Jia-Li en respectant sa volonté d'être incinérée. La cérémonie s'était déroulée en petit comité et l'urne avait été placée, avec l'accord de sa mère, ainsi que celui de Julie et Sébastien, dans le tombeau de la famille de Johanna. Elles avaient discuté des différentes options peu de temps avant la mort de Jia-Li. Cette dernière avait renoncé à demander le rapatriement de ses cendres en Chine, comme elle l'avait envisagé avant son arrivée en France. Outre son souci de ne pas tracasser Johanna avec des démarches administratives supplémentaires, elle avait finalement souhaité rester dans le même pays que sa fille, afin que celle-ci ait un lieu pour se recueillir lorsqu'elle en éprouverait le besoin.

Maintenant qu'elle n'avait plus à s'occuper d'une malade à plein temps, Johanna devait penser à reprendre une activité professionnelle qui lui permettrait de souffler un peu financièrement. Lors de leur rendez-vous chez le notaire quelques mois plus tôt pour la rédaction de son testament, Jia-Li avait légué à sa fille le reste des fonds reçus de l'Américain. Johanna, estimant que cet argent appartenait exclusivement à Mei, avait préféré le placer sur un compte bloqué, auquel celle-ci ne pourrait pas accéder avant sa majorité. Elle s'était débrouillée jusque-là grâce à ses économies et à l'assurance-vie souscrite par Augustin à leur arrivée en Angleterre. Elle continuait par ailleurs à recevoir une part des bénéfices du Red Lion, même si elle avait refusé fermement de continuer à percevoir son salaire, malgré l'insistance de Lisa. Ne souhaitant pas travailler dans la restauration afin d'avoir des horaires compatibles avec son rôle de mère célibataire, elle se demandait encore pour quel type d'emploi postuler alors qu'elle doutait de ses compétences à exercer dans tout autre domaine. Toutes ces questions qui tournaient dans sa tête rendirent son sommeil de fin de nuit superficiel et agité.

Le bruit d'écoulement dans les canalisations qui accompagnait la mise en route matinale du chauffage dans l'immeuble sortit Johanna de la torpeur dans laquelle elle était plongée. Mei remua doucement et Johanna s'approcha d'elle pour respirer le parfum particulier qui se dégageait de son petit corps chaud le matin, mélange de savon et de transpiration de bébé. Elle aurait pu rester des heures ainsi, à se shooter à son odeur. Il fallait pourtant qu'elle sorte de son lit et s'active, si elle voulait déposer sa fille à l'heure à l'école et tenir le programme qu'elle s'était fixé avant l'arrivée en fin de journée de Lisa. Elle trépignait d'impatience à l'idée de revoir enfin son amie et de partager un week-end festif qui lui ferait, tout comme à Mei, beaucoup de bien après les semaines douloureuses qu'elles venaient de traverser.

L'avion avait atterri depuis une dizaine de minutes lorsqu'elles arrivèrent dans le hall des arrivées du terminal 1 de l'aéroport Saint-Exupéry. Elles se frayèrent un chemin à travers la foule nombreuse en cet avant-dernier vendredi de l'Avent, pour être le plus près possible des portes que franchiraient Lisa, Archie, Leo et Millie après avoir récupéré leurs bagages. A peine Johanna et Mei furent-elles installées que leurs visiteurs apparurent devant elles. Leurs retrouvailles bruyantes, débordantes d'émotions et de joie, donnèrent le ton aux deux jours qui suivirent. La timidité première de Mei s'effaça très vite devant la sollicitude que témoignèrent Millie et Lisa. Même les garçons semblaient conquis par la petite fille et acceptèrent de jouer avec elle à la dînette tout en bredouillant quelques mots en français.

Johanna les entraîna à la découverte de sa belle ville de naissance et de ses attractions les plus populaires. Ils déambulèrent dans les ruelles et les traboules du Vieux-Lyon, ils empruntèrent le funiculaire pour découvrir la vue époustouflante depuis le quartier de Fourvière, ils se régalèrent de spécialités gastronomiques dans un petit bouchon de la rue du Bœuf et s'offrirent une virée shopping sur la Presqu'île. Leurs pérégrinations se terminèrent par une visite dominicale du Parc de la Tête d'Or. Après avoir fait un tour au zoo, Lisa et ses enfants accompagnèrent Mei sur le vieux carrousel, magnifique manège de chevaux de bois qui avait tant fait rêver Johanna durant toute son enfance. Désormais incapable de monter dessus sous peine d'être prise de manière quasiment instantanée d'étourdissements et de vertiges, elle préféra les attendre à l'extérieur, ses deux pieds bien ancrés sur au sol.

— Coucou, Maman !

— Coucou, ma puce !

En observant sa fille et sa meilleure amie rire aux éclats, Johanna, le nez rougi par le froid, se sentit envahie d'un rare sentiment de plénitude. Elle avait la certitude d'être là où elle devait être. Après des mois de doutes et d'angoisse, elle appréciait ce moment de grâce à sa juste valeur. Peu lui importaient soudain les incertitudes de leur avenir. Elle oubliait ses inquiétudes quant à sa situation financière et à sa future recherche d'emploi ; elle oubliait les épreuves qu'elle avait traversées et celles qui l'attendaient ; Johanna oubliait aussi, et surtout, la tentative de Jia-Li, quelques jours avant son décès, de lui révéler ce qu'elle lui avait caché jusqu'alors sur la relation qu'elle avait entretenue avec Augustin, et sa décision immédiate et spontanée, dès qu'elle avait compris ce que Jia-Li essayait de lui dire laborieusement d'une voix épuisée, empâtée par les médicaments, de refuser ces aveux qui ne lui apporteraient rien et qui risquaient au contraire de briser le fragile lien qui les liaient.

Johanna sourit à Mei qui était descendue du manège et qui se précipitait vers elle, son regard pétillant de joie illuminant son beau visage.

Oui, pensa-t-elle, *quels qu'aient été vos secrets et vos mensonges, ils m'importent peu à présent. Vous m'avez fait le plus merveilleux des cadeaux et rien ne compte plus pour moi que cette petite vie que vous m'avez laissée en héritage.*

REMERCIEMENTS

À Me Blandine Gardey de Soos, pour son aide juridique. Je suis la seule responsable de toute erreur éventuelle contenue dans ce livre.
À mes premiers lecteurs, pour leurs conseils avisés et bienveillants : Alexandra, Anne, Claude, Damien, Émilie, Geneviève, Ludivine, Romane et Sylvie.
À mes parents, qui m'ont donné le goût de la lecture depuis mon plus jeune âge et avec qui j'adore échanger sur nos coups de cœur littéraires.
À mes fils, qui sont ma plus grande fierté et qui me donnent la force de dépasser mes peurs.
À mon mari, pour son amour et son soutien constant.

Dépôt Légal : Juin 2020

Printed by Amazon Italia Logistica S.r.l.
Torrazza Piemonte (TO), Italy

16762385R00162